U0941237

校长

沈杰 著

文匯出版社

图书在版编目(CIP)数据

校长 / 沈杰著.—上海：文汇出版社，2017.7
ISBN 978-7-5496-2180-4

Ⅰ.①校… Ⅱ.①沈… Ⅲ.①长篇小说—中国—当代
Ⅳ.①I247.5

中国版本图书馆CIP数据核字(2017)第145139号

校　长

作　　者 / 沈　杰

责任编辑 / 戴　铮
封面装帧 / 李　廉

出版发行 / 文匯出版社
上海市威海路755号
(邮政编码 200041)
经　　销 / 全国新华书店
排　　版 / 南京展望文化发展有限公司
印刷装订 / 上海新文印刷厂
版　　次 / 2017年8月第1版
印　　次 / 2017年8月第1次印刷
开　　本 / 640×960　1/16
字　　数 / 150千字
印　　张 / 11

ISBN 978-7-5496-2180-4
定　　价 / 28.00元

目　录

第一章

副校长聘任波澜

沙书笙怎么也没有想到，301 中学补缺聘任一位新的副校长，这个职务居然会落到他的头上。原本他就从未期盼过能有这样一个职务，更何况他早就断定自己绝对不是在任校长凌汉彬所喜欢的人。

301 中学创建于解放初期，当时是为了适应南下干部子女就学的需要。校舍是刚刚接管的国民党兵营，四排黑色的木质平房，但是聚拢的师资却相当雄厚，其中不少是随军南下的文化人士。首任校长是当年北上如今又南下的教育工作者，是一位女同志，为人谦和，笃信于陶行知先生的办学思想，身体力行，成效不断提高，20 世纪 60 年代初学校被确定为市重点中学。与此同时，市教育局拨出专款拆了营房，建起了四层的教学大楼、食堂以及男女生宿舍。教学楼与宿舍楼之间是一个容有四个篮球场的操场，操场的西侧有一座文艺小楼，内有音乐教室和一间舞蹈与体操兼用的小型健身房。

"文革"后官复原职的老校长已于一九八三年光荣离休。接任的凌汉彬，据说在部队当过文化教员，因为文笔与宣讲突出，被调往师政治部秘书处任文秘。解放初期转业当过小学校长，后来又在某大学进修过两年政治学。其时他的老领导师政治部主任正是本市教育局党委书记，301 老校长离休，便把他调来补了空缺。新校长身材魁梧，强势自信，能言善辩，坚持自己的观点说一不二。然而，没有人曾经听说过他对老校长办学理念的阐述弘扬之类的言谈，不过是自然地承袭着全市优秀初中毕业生的流向定势，高考升学市里一直名列前茅。上级对他的印象是处事果敢，方方面面摆得平，学校大门口亮晶晶的“文明”“先进”之类铜牌好几块。

20世纪80年代中叶，教育局为了使301中学跟上教育形势的新发展，又拨专款在教学大楼西端接上一截，用于物理化学实验设施的改造与升级，据说还将装备全市率先拥有的专用电脑房，校园里有着某种喜气洋洋的氛围。

然而，凌校长心头却有一桩十分不爽的事情。两个多月前一位副校长辞职离去，为了增补空缺，学校第一次呈上报告的拟聘人选是现任校办主任，但被局里否定了。第二次再呈上报告拟聘人选是现任工会主席，又被否定了。凌汉彬揣测狐疑，一肚子的火气。在此之前的几年里，学校曾经调走过两位支部书记，还有两位副校长辞职，呈上的拟聘报告很快批复，事情总能顺利解决。当下的问题他推想源于党委书记换了人，与学校关系生分，而凌校长也还没摸到新书记的为人个性。于是第三份报告，赌气似的不再提及拟聘人选，干脆要求上面派一位下来。又是将近一个月过去了，局里的批复仍然迟迟没有下达。

新任教育局党委书记姓欧阳，从他赴任之日起，301中学的副校长聘任问题，似乎挑战他下车伊始务必处理好这第一个难题。眼下他正翻阅学校的报告、署名“部分群众”和“部分教师”的三封群众来信，以及几位教师和职工的上访记录。他沉思默想良久，便让办公室调来学校的有关材料，仔细地研读。虽然前任书记已经留下派一位下去的初步意见，但欧阳书记还是决定从人事处派遣两个同志下去做些了解，特别要求多听听教职工群众的意见。

一个星期之后，调查报告送到他手里。欧阳书记阅后觉得内容与群众来信和上访记录相当吻合，最后梳理成两条主要意思：一、对两位拟聘人选强烈不满，认为领导用人唯亲(亲近)；二、大多数人认为现任高二年级组长沙书笙是最合适的人选。

欧阳书记决定约请凌校长听听他的意见。凌校长本来就对教育局派人下来调查了解，极为不悦。现在新书记约请谈话，意图难测，不过他毫无紧张之感，跟任何一级上司打交道他向来应变自如，成竹在胸。

欧阳书记跟他的谈话，没费时间寒暄，直奔主题。凌校长很快听出来了，欧阳书记对群众的意见十分重视，便顺势而行地说："听领导决断！"

"不是听领导决断的问题，下面的同志，你们应该最了解。"欧阳书记说，"年级组长沙书笙，这位老师的情况怎么样？"

欧阳书记这一问，让他记起了校办主任曾经向他报告过，据说有人向局里写信甚至上访，力荐沙书笙出任副校长。当时并不很在意，眼下猛地警醒过来说："很好，工作负责，能力强，从初一到高三的年级组都带过，很有成效……"

"提升他为副校长，你觉得他担当得了吗？"

"能，相信能！"

"这么说来，你跟大多数同志的看法是一致的嘛！"

"是一致的，一致的。"

"如果提他为副校长，你们能够团结好吗？"

"作为班子的领头人，这是我的责任！"

"那么，请你再送上一份报告，我们尽快批复。"欧阳书记说着站起身子，意味着谈话行将结束，"上任以来还没去过你们学校，你定个时间，我将在教职工大会上亲自宣布你校新任副校长人选。"

接下来的程序走得很快，欧阳书记来校的日期不久也便定了下来。

这天，全体教职工大会已经到点，沙书笙还在埋头批改作文。门口匆匆闪过一位老师喊他一声“要迟到了”。沙书笙抬腕一看，顾不得写完评语，合上本子，便疾步走出了办公室。

来到会议厅，正听见凌校长说“欢迎欧阳书记做报告”，全场鼓掌。沙书笙侧身从后门进入，在就近的空位上悄悄坐定。

“老师们，大家好！第一次来到你们学校，不是做什么报告，不过是有感而发说几句。”欧阳书记微笑着开始讲话。“你们的一位副校长辞职离去了，理应补充一位副校长。不过同志们，学校要找一位好校长不容易，同样，要找一位好的副校长也不容易。不知道你们注意到了没有，大约三个星期之前，《惠报》第二版以通栏标题发表记者长文：《本市普教系统的当务之急——中小学优秀校长青黄不接》。两个星期之后，也在这个版面，发表了就此问题的许多议论。有主张‘拓宽选拔渠道’，可以‘跨行空降’；有重申进一步办好‘名校长培训班’，乃至‘创建校长培养模式’；还有建议‘高校中多开设一些以培养优秀校长为目标的专业课程’等，不一而足。诸如此类的见解和策略，初听起来似乎不无道理，然而我以为未必点到了要处，抓到了关键。因为它们不过是天外气候，而不是本土。本土是什么？是学校健全的管理机制，就是说，只有学校健全的管理机制，才是孕育与诞生优秀校长的本土。事实证明，校长的职责，并不是具备一定的能力潜质，或者解决了学校管理知与不知的知识问题，就可以担当得起来的。作为一名校长所必需的素质远比这一切要深刻得多。比如，对于教职工队伍的认知与把握，对于学生成才规律的研究与谙熟，以及深知为育人而存在的学校领导自律精神的重要性，等等，这些世界观最深处的东西，只有长期在教书育人的现实环境里经历、体验、感悟才能够获得。所以，我们可以这样说，一所管理机制健全的学校，不仅意味着一批又一批地培养出合格的毕业生，而且同时也意味着一代又一代地孕育与诞生着自身的管理人才——优秀校长。你们学校创建之初便聚拢着雄厚的师资力量，办学三十多年了，是全市闻名的重点中学，我相信，就在你们中间，已经孕育与诞生着完全能够管理自己学校的人才！”

会场没有用言语而是用热烈的掌声作了回应。

听着欧阳书记的一番议论，以及老师们的热烈掌声，凌校长的脸部肌肉忽地有些僵持，心中五味杂陈却又品味无序。

“欧阳书记，我能不能向您提一个问题？”数学组袁立新老师站起身来说。

“当然可以！如今讲话、报告不是提倡互动和交流吗？”欧阳书记伸出右手，“老师您请讲！”

“您的理论让我们感到清新而充满创意。我的问题是，您认为当前学校普遍的管理机制健全吗？”

“老师您贵姓？”欧阳书记问。

“敝姓袁。”

“袁老师，您的问题蕴含着您的见解，问得太好了！”欧阳书记语调中很显赞赏的意味，“所谓‘校长负责制’不过是一种管理机制的概括，它有着丰富而具体的内涵，然而就目前而言，无论从理论上还是从实践方面看，都还远不是完善的，所以，当前学校普遍的机制运行，从更深广的意义上讲还处于一种边实践边探索的过程之中。”

“那就是说，目前有些学校的管理机制，或者说机制运行的某些环节，并不一定都符合‘校长负责制’的真正内核？”袁立新老师继续问。

“这是完全可能的。”

“谢谢欧阳书记的回答。”袁立新老师说完坐了下去。

袁立新老师在凌校长眼里，一直是个特立独行之人，不大合群，也不多说话，但课上得很出色，虽然五十挂零了，是凌校长亲自点将从人才市场引进的，对此凌校长一直夸赞自己有一双慧眼，可今天他与欧阳书记的这一问一答，却让他很不爽快。

“所以啊，学校里不尽如人意的事情时有所闻，”欧阳书记的语调忽然显得深沉地继续说，“不过，所有的新生事物都是在发展过程中逐步完善的，我希望大家能够积极地正确地对待。南方有谚语说，有人称赞某人很懂礼貌，某人回答‘我是向没有礼貌的人学来的’。这就是说，负面的东西，也可以成为有用的营养，或者说也可以是一种激励因素。老师们，特别是年轻的老师们，我希望你们能够在任何复杂的环境里，具备足够的透视事物本质的能力，健康地成长，快快地成长，学校管理需要你们，教育事业需要你们！”

全场热烈鼓掌。

“前些日子，为了选拔一位副校长，老师们积极参与，表达不同的意见，说明你们关心学校，对事业有着一种可贵的责任心。我和你们的凌校长也作了深入的沟通与探讨，并且取得了共识。”

欧阳书记的这一节话语，让凌校长脸部紧绷的肌肉即刻松弛了许多。

“现在，我高兴地代表局领导，宣布你校新任副校长人选，”欧阳书记扬了扬手里的聘书，全场鸦雀无声，“聘书我就不念了，直说姓名吧，他就是现任高二年级组长沙书笙老师！”

“啊?!”这是沙书笙下意识的声音，满场传播，突入每一个人的耳膜。

好些人循声转过脸去，随即对着他拍手，瞬间，全场响起了异常热烈的掌声。

第二章
年级组长沙书笙

沙书笙毕业于东海师范大学中文系，一九六一年作为业务尖子分配到 301 中学。入校七八年间，他一直是一个潜心于课堂教学和班级管理的语文老师兼班主任。知识青年上山下乡指示下达那时，中学里的在校学生背起行囊一批又一批地下乡插队落户去了。紧接着，积聚在小学里多年的小学毕业生潮水一般，所有中学没有重点与非重点之分，一律就地分块入学。301 中学一下子接纳了 22 个初一班级。为了便于管理，学校把 22 个班级分成四个年级组。沙书笙被推举为年级组长，负责 6 个住读班级。

这批初一学生，个个都是红小兵，造反精神十足，动不动就吵骂打斗。有一天晚上男生宿舍里竟然打起了群架，涉及两个班级里的八九个学生，待到值班工宣队员出场才得以平息。第二天两位班主任一了解，原来这八九个学生都来自同一个企业的家属小区，当初派斗高潮时，所有这些孩子都是家庭里盲目的帮腔者。如今派斗有所淡化，但是派性却仍然在这些孩子身上延续，以至带到了中学里。沙书笙与两个班主任商量后，用了三个晚上分别对所有参与打群架的学生进行了家访，商定的注意点是决不涉及他们之间的任何派斗内容，而是与家长们讨论如何从长远着眼，培养孩子们的良好品行。家长们非常配合。后来，在两派中各请了两位家长代表，来校与所有参与打群架的同学，还有全体班主任开了一个座谈会。家长代表说话冷静公正，语气恳切。老师们也相继发言，循循善诱。同学们很受感动与教育，纷纷主动站起表态与检讨，效果远超预期。沙书笙于是要求全体班主任在班级里作了传达，反响强烈。从此以后，群架事件绝迹，就连小同学之间难以避免的你推我搡之类也很少发生。

但是，这些学生由于多年缺乏调教和管理，他们普遍的行为习惯很是糟糕。住读班一天二十四小时吃住都在学校，麻烦特多，尤其是男生宿舍，夜晚总是鸡飞狗跳似的闹腾，一个管理员顾东失西，好像是被故意作弄，他说累点不去说它，恼的是天天被气得半死。

沙书笙连着三天，晚自修值班后去到宿舍参与管理。九点半熄灯铃响，学生们根本不当一回事，于是一个寝室一个寝室敲门喊话，但是管理员的声音他们听之若无，年级组长发声了，总算给点面子静下了，但是一个转身，还原如初。就这样一个轮回一个轮回地敲门警示，直至十点半才算安静了下来。管理员说要不是沙老师你的话，十一点半还不会安静下来。而早上起身铃响，他们又根本不把它当回事，反复敲门，千呼万唤，才懒洋洋地起床。

沙书笙觉得情况必须改变，他与六位班主任商议后决定：一、在男生宿舍设立教师值班室，沙书笙主动安排自己每周值班三次，其余三次由六位班主任轮流；二、要求各班班主任用心选好所属寝室能起作用的室长；三、宿舍走廊里设立评比黑板报，标明寝室号码与室长姓名，由管理员以“☆”“△”“×”评定各寝室当日遵守纪律的好中差，并且每天向班主任汇报。一个多星期下来，情况大有起色。

那天沙书笙值班时，召开了一个室长会议，目的是听听情况再鼓鼓劲。室长们颇为焦虑地反映，许多同学不听指挥和劝告，晚上室长总要花很多时间，一个一个地经过多次催促才能安静下来。早晨起床也一样，室长们千呼万唤，同学们还是拖拖拉拉。沙书筌于是想，寝室里起居纪律假如仅仅是室长一个人着急，所有室员仿佛局外人，甚至成了室长的对立一方，那么室长的积极性必将受到挫伤，初现成效的局面定然难以持续。于是沙书筌对室长们说："应当让所有室员增强责任感，每一个室员都是寝室的主人，争得一个☆是大家的荣誉！所以我建议是不是这样，由各位室长你们安排，每天依次指定值日生，并且把他们的姓名也写上评比黑板报，要让每天的值日生对寝室的好中差也担起责任来！"室长们都赞同，回去一传达，第三天就开始实行。果然，寝室面貌愈趋向好。假以时日，必须的纪律渐渐地融汇于大多数同学的行为习惯之中。两个月之后，教师值班减半。学期快结束的时候，管理员也积累了经验，完全能够独当一面，教师值班室基本空设。

课堂上的情况，其实问题更多。这些孩子的文化学习被耽误了多年，读书浮夸，作业懒散，老师们耗尽了浑身解数，反而越管越来气，于是常常怨恨当教师悔不当初。

沙书筌连续两次召开年级组全体教师会议，专题讨论"面对这样的学生，我们应当怎么办"？

"我们的这些学生，个个都是红小兵，"沙书筌带有总结性地说，"都经历过一番磨炼，所以骂、罚、状告家长，不仅不会有好的收效，反而会加深对立情绪。有的老师煞费苦心用讲故事说趣闻让他们安静下来，但是其效果也是暂时的。我以为问题的关键是，他们的知识基础太差，事实上他们离真正的小学毕业还差了一截，他们翻开初中课本，只觉得是茫然一片，你为他们讲解知识或者习题，他们的思绪进入不了你的设想，所以便讲话、吵闹、睡觉。因为他们不懂，不懂就不会有兴趣，而引不起学生兴趣的教学，课堂肯定是不会安静的。"

"沙书筌讲的我有同感，我们是该换换思路，不要老是埋怨学生，我们也要研究和理解他们。"一位老师说。

"道理我也赞同，那么我们究竟应当怎么办呢?"又一位老师说。

"我的主张是'退一步，进两步'，"沙书笙说，"意思是我们不妨去了解和熟悉小学六年级的课本，当然主要是语文和数学，关键性的基础知识，可以重新讲解，再做练习，有些内容也可以作为讲解新知识的必要铺垫。"

"这个主意好!"有一位老师说，"退一步其实也花不了多少时间，主要是抓一个懂字，退一步懂了，进两步就有了可能。"

"最近宿舍面貌的改观，给了我很大的启示。"沙书笙接着说，"我们的这些学生虽然进了中学，终究童趣尚存，我想我们的教学在教他们'懂'的同时，是否还可以想点儿法子，激发他们的兴奋点，以深化他们的兴趣。宿管员在走廊里的一块黑板上画画'☆'，打打'×'，就大大提振了学生们的注意力。我们教学从班级到年级，语文是否也可以搞点词语默写、造句、小作文比赛，数学也可以搞点'＋－×÷'小比赛，题目不要太难，让大部分学生都能掌握，照例也能冒出一些尖子来。有长进就表扬，发奖状，家访报喜。把发扬先进的气氛搞得浓浓的。"

两次讨论会，以沙书笙的意见为核心，最后形成了年级组全体老师的共识。在全体老师的努力下，一个多月便见成效。与非住读班相比，无论纪律面貌，还是学习成效，都有显著提高，令全校师生瞩目。

天气渐渐冷起来了。"文革"初期打打砸砸，学校设施损坏严重，学生宿舍的许多窗玻璃破碎了，小同学们反映北风从窗框框直刮进来，夜里睡觉冷煞了。沙书笙去找当时的革委会后勤组反映，回答是："玻璃买不到。"沙书笙问："没有别的办法了吗?"回答："有什么办法? 只能这样了。"沙书笙再问："只能这样是什么意思?"回答："只能这样就是只能这样!"沙书笙顿觉无需再费口舌。回到组里与老师们商量，用旧报纸去糊。但是报纸不牢，北风还不大，一张一弛几个来回就破裂了。沙书笙忽地想起在学校储藏室曾经见到过许多彩旗仍然套在竹竿上，尘埃满身地斜倒在墙角里。沙书筆说通了保管员，悄悄取走了几面。来到学生寝室，把它们裁剪得比窗框稍微大些，然后合上轻轻地关紧，破窗户便有了一片彩色的软玻璃，虽然北风吹来唆唆发响，但是终究把大部分的冷风挡住了。

其时，还有件事说来令人难以置信，在校师生喝不到100℃的开水已经几年了，学生那边倒是不大听到嘀咕，可老师们不同，温吞水一上口不仅觉得有股怪味，茶叶放进去干草似的漂浮在表面，几个老茶客特别恼火。那时革委会掌权，沙书筆去找主任。主任不说话，转身拎起热水瓶，倒满一杯，咕隆咕隆喝了一通，“不错嘛，很解渴”，说完转过脸去干别的事情了，对他的意见很是不屑。几年以后，凌汉彬校长当政，开水问题情况依旧。沙书筆去问凌校长，他头也没抬地回答：“国家有困难，没煤！”沙书筆再问：“学校能不能想想别的什么办法？”凌校长侧脸瞥了他一眼，说：“什么办法？你弄得到煤吗？”尽管对话那么不愉快，沙书筆还是没有罢休，转身去到总务处，难道真的一点办法也没有了吗？总务主任是个官复原职的老民盟，沙书筆找到他。老主任手里捧着茶杯喝一口，笑着摇摇头，从写字台的抽屉里拿出一把微型热水瓶，“自己带的，呵呵！”他说着，还拖着个既似无可奈何又似无能为力的尾巴。沙书筆还能对他说什么呢？

有次偶然去化学实验室，沙书筆看见实验员老陆正在煤气灯上烧开水，问能不能带烧两瓶，老陆说“校办主任关照只可以每天悄悄给校长室送两瓶”。沙书筆祈求似地也说“悄悄地”，老陆微微点了点头。全组老师才悄悄地享受了一个星期，被校办主任发现，开水源切断，沙书筆与老陆还都挨了批评。

为此，沙书筆总觉得有点气血不顺。以往几年里他的注意力仅仅囿于语文课本以及班级里的种种琐事，学校里的事未曾有心顾及什么。担任年级组长的这些年里，诸如此类的事情亲历与眼见不少，却反而拓宽了他的视野，引起他对一所学校应当如何管理的许多思考。他甚至闪现过倘若降他予校长大任，面对诸如此类的问题，哪怕再繁杂琐碎也决不混混然度日。

不过他即刻便否定了自己这种有违本意的念头。沙书笙的父亲曾经是个国药号老板，“文化大革命”一开始就遭批斗。后来又见过许多被批被斗的人士，往往第一条罪状就是出身黑类。在批判《海瑞罢官》的浪潮中，报上有文章说“清官比贪官更坏，因为清官具有欺骗性，延缓了反动统治的覆灭”。沙书笙在学校的黑板报上写过一篇短文，质疑这种观点实属偏激。“文化大革命”之初有人批他这是右派言论，还说根源就在于他的阶级出身。在批判教育领域黑线专政时，他吃过好几张大字报，无论是标题还是内容，首先都揪他的出身问题，于是事实被颠倒，真诚被曲解，他觉得十二万分的委屈。更冤的是，出身成分是娘肚子里带来的，断然绝不了根，所以，他对未来的人生早就铁了心：决不搞政治，更不入官场。

改革开放拨乱反正，唯成分论销声匿迹，沙书笙的精神面貌终也焕然一新，他再一次向党组织呈上了申请报告。不过他要求入党只是重申自己的信仰，而一心一意搞专业，仍然是他不变的人生宗旨。

大约是因为语文课上得好，年级组长班主任工作也卓有成效，又加上他举止稳重，待人友善，沙书笙有着很好的口碑，工会领导换届改选，居然以最高票数当选为委员。按照工会选举法，主席以及各个委员的责职分工，由当选委员第一次会议协商决定。就在这之前，校办主任忽然找他，先是对他当选工会委员表示祝贺，接着建议他不必以票数最高去争位置，主席还是让马湘英老师连任。马湘英老师教政治，年纪比他大十多岁，他哪里会有意见。第一次委员会议上，沙书笙首先发言说自己喜爱文艺体育，愿意担任文体委员，并且建议马湘英老师依旧担任主席。他这么一说，没有人再发表不同意见，各委员的职责分工很快也都定了下来。

隔日，饭桌上几个老师缠着他说开了。一位老师不解地问："沙书筌，你票数最高，怎么不当主席？"他照实回答："校办主任对我说主席还是让马湘英连任，再说我也根本不想当主席。"又一位老师讥讽似的说："校办主任是谁？校长的传声筒！"又有一位老师紧接着说："噢，工会主席是学校行政会议的当然成员，你，校长不放心！"再一位老师压低了语调凑到他耳边说："你知道马湘英是谁？马屁精！"

开始，沙书筌觉得几位老师的言谈是否过了点，继而一想，马老师善拍马屁似乎早有所闻，只是他并不在意。在当选委员第一次会议之前校办主任找他谈话，现在看来无疑这是凌校长的旨意，说明他喜欢马湘英老师，而不乐意自己可能当上工会主席，这可着实伤及了他的自尊。不过，扭曲心智的拍马之类他从来不屑，这么一想也就心安了下来。

然而，对于官场种种从来视之木然的沙书筌，这回却让他有些联想成篇，过往学校里发生的几件大事电影似的一幕幕映了出来。两个支部书记被调走，两个副校长辞职离去，现在第三个副校长又弃职而别。表面的说辞是支部书记离去属于正常调动，副校长辞职那是个人意愿。其实真正的原因是，凌校长讨厌两个支部书记是"撬棒"，妨碍他"一个人说了算"，嫉恨两个副校长"高傲"，威胁他坐大"舍我其谁"？沙书筌未必知道如此深层的内情，但是他想着想着终于也悟出来了，他们离去的首要原因都是不讨凌校长的喜欢。

这样想来，沙书筌觉得自己面对凌校长从未有过半句缥缈虚无令他听了舒坦的话语，倒是为了100℃开水之类的问题特意找上门去让他好不爽心。于是沙书筌断定自己也不会是凌校长所喜欢的人，虽然，沙书筌本没有什么非分的欲求，当不当工会主席原本无所谓，但是此刻的心头忽然有一种被堵塞的感觉。

第三章

男女声两重唱的蹊跷

不过，无论如何，现在既然成了工会文体委员，循着自己一贯的信念，属于自己的职责，就一定要努力把工作做好，况且，教职工同志们选举你，自己绝不能当阿斗。沙书笙根据自己的体验，教职工荒芜多年的文体活动早就该重新活跃起来了，于是或在饭桌上或在走廊里，似是随意却有心地征听了不少意见和建议，悄悄酝酿了一个计划，最后拟定国庆节前后，组织以年级组为单位的男子排球赛和女子乒乓球赛；新年到来时，举办一个迎新音乐晚会，让隐去多时的音乐之声重新嘹亮起来。计划获得工会委员会议一致通过。在一次全体教职工大会上争得了一点时间，沙书笙宣布了这个计划，教职工们以热烈的掌声表示欢迎。

"我有意见，"有位老师站起身说，"我们现在搞体育比赛，不是为了拼技术，比输赢，目的是宣扬一种健康活泼的健身气氛。所以我不赞成男子排球赛和女子乒乓球赛同时进行，要错开，这样，男子排球比赛时，女同志到场加油鼓劲，女子乒乓球赛时，男同志也一定到场助阵呐喊，这样气氛一定更加热烈。"

满场鼓掌对这个意见表示支持。有个男教师还大声调侃："有道理，女人到场鼓劲，男人打球不累！"全场又是使劲拍手，又是哈哈欢笑。

沙书笙当即表示接受这个意见。接着他代表工会希望体育组的老师们在技术性安排以及裁判工作等方面能够为比赛做好准备。体育教研组长大声回应:“保证完成任务!”

第一场排球赛前,还举行了简短的开赛仪式,凌校长因为出国未能出席,由副校长黄安平讲话并开球。女同志欣然悉数到场,学生们也聚拢围观。说不必比技术和输赢,真是切合实际,只要球发得过网,就有得分希望,输赢多在运气。然而气氛十分热烈,掌声加油声笑声不绝。决赛在高一年级组与初三年级组之间进行,结果高一胜了。最后还进行了发奖仪式,冠军每位运动员一只大号带盖的白色搪瓷杯子,其上印有大大的红色“奖”字,上方还有一行弧形的隶书:301中学工会。亚军是一条白毛巾,印有一样的红色文字。

乒乓球赛不同,初二年级组有一位高手,大学里曾经是系冠军,是个削球手,她的下旋球让所有对手纷纷落网,轻松夺冠。后来在沙书笙的建议下,学校聘她为教练,带领学校女子乒乓球队,两年之后竟然凭实力晋级参加全市学生乒乓球联赛。

体育比赛一结束,沙书笙马不停蹄地筹划迎新音乐晚会。他第一个寻找商量的人是音乐老师汪西茜,希望她帮助策划和组织几个歌咏节目。她爽快地保证组织三个节目:女生小组唱,男女生小合唱,还有一个女声独唱。

“女声独唱当然就是你自己了?”他问她。

“不是。”

“那还能是谁?”

“工会文体委员你不知道了吧?告诉你,是生物实验员小张,我肯定她将一鸣惊人!”

“那么你为什么不也来一个独唱?你的声音很甜美呀!”

“谢谢夸奖,但是我没有演艺天分,一个人唱心里就发慌,所以我喜欢男女声重唱,有伴音,就觉得有依靠,心理就稳定。”

“对对,你和凌校长唱过一回的,迎新音乐晚会那就再来一次吧!”

“不,他声音粗犷高亢,我音量小,大家听后都说不协调,不和谐。”

“还是独唱吧!”

“不,还是男女声两重唱。”

“那找谁?”

“你!”

“我?”

“对,你! 我听过你唱歌,音质清纯,音量也不大……”

“不行不行,我不行!”

“不行? 是不愿意吧,那其他歌咏节目我也就不准备了。”

“你不能这样要挟我……”

“不用急嘛,开玩笑的,不过你行,一定行,我们会配合好的,不信先试试。喏,歌谱拿去,《蝶恋花》。”

沙书笙表情无奈地接过了歌谱。

沙书笙接着还找了几个会弄乐器的老师,组织了笛子独奏,笛子与二胡合奏,二胡与手风琴合奏,口琴与手风琴合奏等。除了特意组织的一些节目以外,各年级组与职工还积极申报,粗略统计约有十五六个,已经足以应付一台音乐晚会了,而且同志们积极性很高,下班好久了,大楼里还有排练的歌声和琴声。沙书笙暗自欣喜。

沙书笙与汪老师也开始了排练,伴奏是学校唯一的手风琴手小吴,他在钢琴弹得很好的音乐老师面前显得很拘谨,汪老师鼓励他说:“只要按调给出一个音就成,错点漏点不要紧,你就放心地拉吧,我们会合作好的。”于是小吴笑着点头,表示很有信心。在汪老师的引导下,两重唱练习两次之后,沙书笙真的很有些感觉了,说唱的时候既听到自己的声音,也能听到她的声音,似乎还能顾及两个人的声音和在一起播散出去的声音。汪老师笑着说:“这说明你对重唱已经进入一种较高的境界了。”沙书笙说：“汪老师，你这是夸我还是笑我？”汪老师说：“都有，夸你是真的，笑你还硬说不行呢。”

除夕那天上午，沙书笙请美术老师写了“迎新音乐晚会”五个大红美术字，张贴在小舞台后面的蓝色幕布上，买了十几张各色皱纸，剪成条条缠绕在日光灯管上，五彩的皱纸还将六盏日光灯串联起来，伴以六个小红灯笼相垂，倒也颇能烘托出一点节日的气氛。

音乐晚会歌声朗朗，琴声悠扬，虽然节目质量参差不齐，不过太不怎么样的可以说没有，每一个节目都给全场带来了掌声和快乐。特别受到吹捧的节目有三个：一个是高三年级组历史老教师的《碗儿叮当》。他登场的道具是十一只浅蓝色的瓷碗，一字排开后当场加水调音，然后用一双特殊的筷子敲了一首《我爱北京天安门》，全场报以热烈的掌声，大家称赞说深藏不露的老艺人终于亮相；一个是生物实验员小张，她的独唱刚开腔人们就报以掌声，一曲终了，有人大声夸赞“满是生物标本的实验室里飞出来一只悦耳动听的夜莺”；再一个就是沙书笙与音乐老师汪西茜的男女声两重唱。他们配合默契，声部和谐，全场报以特别热烈的掌声，有人喊：“黄金搭档，绝配，绝配！”还有人喊：“再来一个！”沙书笙赶紧说：“没有了，没有了！”有人调侃：“噢，你们两个就只会蝶恋花啊！”反应敏捷的人听出了内里隐含的双关意味，哈哈地笑出了声来，沙书笙却木然不知。

元旦假期回校的第一天中午，饭桌上还是那几位老师围着沙书笙说事。一位老师说：“沙书笙，你怎么又撞墙了？”沙书笙说：“撞墙？什么意思？”另一位老师说：“你不知道，凌校长与汪老师有过一回两重唱的？”沙书笙说：“知道。”又一位老师说：“知道你为什么还要插一手？汪老师娇小玲珑，脸蛋又长得好看，人家可是花了心思才凑合成功的，你却硬是把他挤掉，配合又那么默契，拍手声又那么热烈，你叫人家凌校长的脸往哪儿搁？”又有一位老师说：“据我当时观察，你们俩演唱时，凌校长的脸色始终尴尬，醋意十足，他是全场唯一没有为你们鼓掌的人。我看得出，离开时他的神色似乎有点儿愤怒。”

沙书笙听后大吃一惊。他虽然早已经不指望、也并不稀罕凌校长的好感，但他绝没有故意要得罪他的任何动机。完了，原先可能还存有的一丝丝起码的上下级情谊，现在是彻彻底底地崩裂了。他断定自己不仅不是凌校长所喜欢的人，而且肯定让他觉得讨嫌甚至憎恨。

沙书笙更加确信这个结论，是在以后发生的几乎不为人知的一件事情：

改革开放初期，百废待兴，到处急需人才，尤其是理工科人才。出于对国家建设着想，语文学界有一股思潮，认为中学阶段学生花在学习语文的时间过多，应当腾出些时间让给数理化，以便他们尽快地掌握技能为大建设服务。东海师大闻风而动，由曾副校长牵头，组合教科所与语文教法组的四五个老先生，来到301中学找凌校长商议，结果一拍即合，决定选择一个班级从初一到初三，进行三年完成六年课程的试验，简称“三六试验”。

“三六试验”因为有领导重视，公开课，评议，研讨，确实热热闹闹。曾副校长、凌校长经常亲临现场，对执教老师的教法以及学生的表现，夸赞褒扬备至。

但是，在这场领导那么重视的实验进程中，沙书笙的表现却有些反常，一向对语文教学有关话题探讨积极，发言常有创意的他，却在多数场合保持沉默，偶有言谈，也是王顾左右而言他。问题源于他的不同见解。他认为“三年完成六年课程”的提法是不科学的，目标不可能实现，也不会有推广的价值，其症结在于命题违背了语文与思想密不可分的本质。要知道，中学生语文学习并不是简单地识字辨句，初一到高三几百篇从形式到内容逐渐深广的文章，是与特定年龄段学生的语言能力和思想成熟程度相适应的，也就是说，初中教材中的语言能力含量及思想内涵的深度与初中年龄段学生的语言能力与思想成熟状况是相互适应的，也正是这样，才切合于初中生从语言能力方面读通与把握课文，而课文的内涵也适宜于推进他们的思想渐趋成熟。如果把高中三年的课文一并在初中三年里完成，即使时间安排允许，那也准是囫囵吞枣，消化不良，到头来势必是语言能力与思想成熟状况两头脱节，造成无可弥补的缺损。

沙书笙坚信自己的见解，但是他知道绝对不宜公开表露，然而违心的话语怎么说又都别扭，于是最好的选择只有沉默。

凌校长聪明过人，尤其由他亲自策划蹲点的"三六试验"，人们对之的态度他特别敏感。沙书笙的反常他早有觉察，先是等待，一个学期过去了，情况依旧，他心里窝着火，开涮却又难觅机会。

沙书笙终于入党了，那是在"三六试验"起步之前，如今一年预备期将满，支部组织委员通知他写一份申请转正的报告。报告送上的第三天，校办主任又一次找他，颇为神秘地对他说："你的转正报告里，没有把对'三六试验'的态度不够积极作为缺点写进去，应当写一份补充……"

"主任，"沙书笙不假思索地回应，"对'三六试验'态度积极不积极，不是是非问题，是学术问题，我有不同看法，我不认为这是缺点。"

"沙老师，"校办主任靠近他一步，用极具规劝的语气继续说，"为了避免转正不顺利，我看你还是写一份吧！"

"转正不顺利？为了什么？"沙书笙心里马上来了气。他想，有关转正报告即使需要补充什么，那是支部书记或者组织委员的事，怎么轮到你校办主任找我说话，不错呀，他是校长的传声筒，这肯定是凌校长的意思，他是支部当然委员，他想借这个机会按一按我的脖子。于是便没有好声气地说："主任，请你理解，我不会再写什么补充的！"

校办主任知道沙书笙对待组织的态度一向是很顺从的，这样的回答他未曾料到,但是他不能让这次谈话毫无成果。

“那么这样,沙老师,你可不可以口头临时补充说几句……”

沙书笙没有说话,转身就走。步子很大,没几步,就相去了好几米。但一想,为了不使事情闹大,他立刻转身回走几步,对主任说:“请你转告,假如就是因为这个问题卡住我的转正,我会向上申诉的。”

支部大会上,沙书笙的转正顺利通过,所有党员都举了手,包括凌校长。不过沙书笙有些惴惴不安地注意到,会议自始至终凌校长一直虎着脸,会议一结束,他头也不抬刷地转身便离开了会议室。沙书笙完全可以推想,这下他气得不轻,因为不仅没有达到让沙书笙写一份认错的补充,而且仿佛面对面无可辩白地反而输了一局。这件事情虽然几乎不为人知,但是对于凌校长来说这样的屈辱是绝对不能忍受的。沙书笙知道,事情再也不是什么喜欢不喜欢的问题了,着实是积怨甚深,也许再也无可挽回,沙书笙更加确信往后任何样式的利好对他都已无缘,只是还猜不透故事将会有什么样的下篇。

就这件事,沙书笙并不以为自己获得了什么胜利,恰恰是让他的心头一直存有一种沉重的负担,一笔难以偿还的欠债。然而,反复思量之后觉得把问题想到底,倒也觉得没什么可以畏惧的,他既不期盼升迁当官,也不指望评优额外增加工资,只要本职工作不吃老本站得住脚跟,一个小老百姓料想也奈何他不得。于是,沙书笙依然淡定自若,碰到凌校长一如往常地叫一声,好像什么事情也没有发生。

第四章
坐在轮椅里的妻子

沙书笙万万想不通，他与凌校长之间明摆着有那么些别扭事，他又怎么愿意接受自己作为他的副手呢？他料想这未必真是他的本意，那么是不是他以为既成副校长便好控制，势必归顺？沙书笙相信自己会尽职尽力地做好属于分内的每一项任务，但却难保一旦什么分歧触发宿怨，到头来弄得不好收拾。想来想去，沙书笙觉得这个副校长不好当。

沙书笙思绪如麻。受聘当日在食堂匆匆吃了晚饭，便去拜访袁立新老师。袁老师曾经在他的年级组里待过，虽然言语不多，但是一旦评说事例却中听入理，俨然一位长者，尤其是今天会上他向欧阳书记的提问，沙书笙更加觉得他是一个城府很深的人，他愿意听听他的意见。

袁立新老师对于这位新任副校长的突然造访，很感意外。沙书笙却一进门便率直地向他表露自己此刻的内心矛盾，甚至问他："是不是与其说将来闹矛盾辞职，还不如现在就别上任？"

袁老师没有马上说话，先请他在离门咫尺的一张小小的餐桌旁坐下，转身去泡了杯茶，又转身自己也捧了杯茶，在沙书笙的对面坐定，然后说："沙老师，我很难直接回答你的问题，但是我愿意告诉你一些情况。"

“好的好的。”沙书笙以为将会听到学校里的什么内幕。

“我也当过副校长，一年半，是辞了职到本市来应聘才到你们学校的。”

“啊，怎么从来没听你说起过？”

“是的，我从来不说，连凌校长也不知道，因为我的应聘表格中没有填写这段履历。”

“那是为什么？”

“辞职来本市应聘，目的就是为了不当官，我的追求但愿努力当好一名数学教师。”

“那又是因为什么？”

“沙老师，我相信一条定律……”

“什么定律？”

“彼得定律，是一位美国学者劳伦斯·彼得发现的，主要意思是说，任何机构的组织中有各种不同的职位，每一个人的升职至他无法称职的位置时便终止了。换句话说，假如一个人的才能属于B，硬要把他提升至A，就不能称职了。本人自我评估属于B，当副校长胜任不了。”

“袁老师您太谦虚了……”

“不，算是有一点自知之明吧。我知道自己天生缺乏与群众联系与沟通的能力，不知怎么阴差阳错让我当了副校长，但是我很尽力，当我发现学校工作的某些问题时，就设想去改变它，但是我首先就说服不了校长，总是得不到他的支持，结果什么事情也没能做成，觉得特窝囊。”

“那是不是你们的校长太主观了？”

“你说得不错，我们的校长连支部书记的意见也听不进，为了‘监督’两个字，所谓党政矛盾几次闹到教育局。”

“后来怎样了？”

“后来，老书记调走了，上面派来了一个年轻的新书记，他告诉我们他的任务就是配合校长，搞好团结。那年向某大学选拔保送生，我推荐了一名数学尖子，班干部，校长推荐的学生是他的亲戚，成绩中等，班级里表现很不佳，连值日生工作也从来不做。于是争论很激烈，我的态度异常坚决，校长发急了，站起身子说'你是校长还是我是校长？到底谁说了算?'支部书记急忙也站起身子说'好了好了，校长负责制，还是听校长的吧'！我当时气得不再说话，心里想，原来有权就是理！第二天我就写了辞职报告，学期一结束我就到本市来了。"

"袁老师，我理解您心里的委屈，不过您说这些想要告诉我什么?"

"我想要告诉你，你不是我，你不是B！在你的年级组共事，我了解你，你识人，办事严谨，待人宽容，有亲和力，你应当站出来……"

"袁老师，你过奖了，其实我根本不想当官!"

袁老师没有紧接着说话，捧起自己的茶杯一边准备喝茶，一边做出敬请的姿势，说:"喝茶!"沙书笙也端起茶杯，心不在焉地喝了一口。

"沙老师，个人的作为是形势造就的，但个人也是能够造就形势的。一所学校里这个人当政和那个人当政，情况是很不一样的，大家把你推上去，不是因为你想当官。"

"是大家把我推上去的?!"

"是的，这你不知道吧？为了增补一位副校长，前 时期表面上似乎平静，内底里议论可多了，有向局里写信的，还有上访的，我也去过教育局。大家信任你，对你寄予厚望!"

"……没想到，没想到……"

袁老师见他十分惊异的神态，再次捧起茶杯，说:"喝茶!"沙书笙也端起茶杯，依然心不在焉地，但这回不同的是，喝一口，停一会，再喝一口，又停一会，一连喝了好几口，眼帘却一直垂下只往杯子里看，想必大脑的思绪正剧烈地翻腾着。

离开袁老师的家跨上自行车时马路上已经人车稀少，平时沙书笙骑车总是急匆匆地踏得很快，因为家中还有一个坐在轮椅里的妻子需要照顾。可今天他似乎什么都忘了，车骑得特别慢。到了宿舍楼下车，习惯地身子一蹲右肩往车架里一歪，扛起自行车循着没有灯光的水泥楼梯，未曾在任何转角处稍微碰擦便上了三楼走廊，上锁之后才想着看一看手表，竟已过了九点半，他赶紧拿出钥匙拧开房门，让他吃惊的是，只见妻子坐着轮椅正对着房门，一双大眼睛亮闪闪地凝望着他。

"阿珍，怎么还没睡呀？"婚后夫妻恩爱，妻子的姓名里有个珍字，沙书笙一直叫她阿珍。

"她说一定要等你回来。"丈母娘替她回答。

"你……回……来啦……"妻子紧接着说，话语缓慢而含混，却是难得的清醒，眉宇之间的笑容难得的那样纯真而灿烂！沙书笙心里一怔，这是几个月来未曾见过的笑容！沙书笙无限激动地弯下腰去，深情地拥抱着自己的妻子，眼泪便簌簌地连珠般滚落下来……

妻子是他的同班同学，毕业分配在一家少儿出版社当编辑。正当她的事业蒸蒸日上的时候，一场灾祸从天而降。上班路上，一辆卡车将她连车带人撞飞五六米，重重地摔倒在人行道边沿，当即不省人事。第七天才苏醒过来，怀孕三个月的孩子流了产。将近半年才出院，医生诊断后遗症是：语言障碍，智力下降，动作不够协调，双腿基本瘫痪。沙书笙熬过了撕心裂肺的最初伤痛与担忧之后，便把对妻子的疼爱融汇在对她无微不至的关怀与照顾之中。虽然找个保姆的费用由肇事方承担，但是要找一个合适的保姆真不容易。第一个年纪轻，脾气大，几次听到她恶声恶气地骂她；第二个做事粗糙，不讲卫生，屎尿床单发臭也不洗；还有个嫌房子小设备不全，一连三个都不太如意。沙书笙觉得如此伤残的妻子比任何时候更加需要关爱。后来，终于把丈母娘接了过来，妻子才有了最贴心的护理。至于买菜购物，洗衣刷锅之类，沙书笙总是起早贪黑见缝插针地抢着干，丈母娘看在眼里，心里也疼着呢。

“最近学校里很忙吧?”这么晚才回来,丈母娘探询似的说。

“妈,学校里让我当副校长,我担心实在忙不过来……”

“这可是大喜,书笙,大家拥护你,不容易啊,你就放心,家里的事有我担着!”

“校长……好……好人……”妻子好像听懂了事由,也插嘴说。

“副校长,你看我要不要当?”沙书笙俯下身去一字一句地问妻子。

妻子使劲地点点头。

“你身子不方便,家里事多,能行吗?”沙书笙又问。

妻子更加使劲地点点头。

第五章

做文章先要开好头

在沙书笙受聘以后的第一次校长会议（支部书记是当然成员）上，凌校长宣布三个副校长的分工：黄安平副校长原本主管教学，工作不变；离去的副校长是抓学生思想工作的，决定由原先抓总务后勤的罗副校长接替；新任副校长沙书笙负责学校的总务后勤工作。沙书笙觉察到支部书记的眼神一直注视着他，仿佛担心他会表示什么异议。其实他很平静，什么也没有说。

饭桌上几个老师又围着沙书笙说事。一位老师说："沙校长，沙副校长……"沙书笙抢过话头说："什么校长副校长，老同事了，别把我当官！"另一位老师说："沙书笙，这样的分工，你没有意见？"沙书笙说："有什么意见？"又一位老师说："太不合情理了！你年级组长当得那么好，全校瞩目，还发表过文章，罗副校长长期不接触学生……"又有一位老师说："这不是明摆着故意冷落你……"沙书笙非常严肃地再次抢过话头说："别跟我扯这些，我的任务是主管总务后勤，我将努力做一点工作，请你们务必支持我！"

沙书笙相信几位老师的话不无道理，但是他的心里更清楚，根本不必在这个问题上挑肥拣瘦争座次，何况，学校总务后勤一向是个薄弱环节，他乐意做一番努力，给师生们创造些方便与实惠。

沙书筌用心考虑怎样开始他的工作，决定不搞什么规划设想之类炫耀造势，事情一桩一桩地做，做文章似的先要把头开好。

总务处有个副主任叫赵东宇，老师们都知道这是个角色，点子多，活动能力强，老主任从来不在他眼里，而老主任也无意争名要权，等着两三年里退休，上班捧着个茶杯哼哼哈哈日子蛮好过。所以要在总务处稳得下来干点事，沙书筌觉得首先要与赵副主任拉近关系。

“赵主任。”在校园的小径上，沙书筌从后面赶上几步叫他一声，全校上下都这么称呼他。

“什么赵主任？我不过是个副的！”

“赵副主任……”

“别别，你是我的上级，你叫我老赵就是。”

“这怎么可以，你不是我的长辈，起码也是我的大哥，赵大哥！”

“赵大哥？你这么叫我，也好，沙校长。”

“哎哎，我也不过是个副的……”

“副校长也是校长嘛。”

“赵大哥，别这个那个了，还是叫我沙老师，或者小沙也行。”

“听你的，你是领导。”

这时他们正好走到一张铁木结构长椅旁边，沙书筌打个手势，两个人一起坐下了。

“赵大哥，你是看着我走进这个学校，当语文老师，当年级组长，如今承蒙抬举又让我当上副校长，这期间少不了你赵大哥的关心和支持，在此我表示真诚的感谢！”

“客气了，客气了！沙老师，沙副校长，众望所归嘛！”

“不敢当，不敢当！赵大哥，凌校长分配我主管总务后勤，说实话，我的心里很没底，但是我总得做点事吧，所以我希望你像从前一样地关心和支持我，在总务后勤工作方面，我首先希望得到你赵大哥赵主任的指点和帮助!”

赵主任刷地侧身,在沙书筌的肩膀上一拍,说:“一句话,你沙老师沙副校长一声令下,我赵大哥理当鼎力相助,你放心!”

沙书筌立即站起握住赵主任的手,说:“谢谢你,赵主任!”

沙书筌原想乘势把自己计划要做的第一件事告诉他,希望预先获得他的支持,继而一想,别急,假如让他当即否定,往后办起来就要麻烦些了,还是自己亲自做些了解,掌握情况,预设方案,心里有点数了再摊开不迟。

与赵主任分别后,沙书筌径直去到厨房后侧的大炉间,这时他注意到墙角边积聚的一大堆煤。司炉是个姓卢的年轻人,他告诉沙书筌每天把饭蒸熟,鼓风机就关了,要把水箱加满烧到 100℃,煤的计划量确实是不够的。

“关掉鼓风机时,水箱里的水是几度?”沙书筌问。

“大约 70℃左右。”

“小卢,这样的水学生们喝着还不大体会,教职工们喜欢喝茶,当然会有意见的,你说是吗?”

“那是一定的……”他似乎流露出一种作为司炉的无奈。

“小卢,那么这样用煤,每天是否还有点结余?”

“有啊,你看!”他回头指了指墙边的煤堆后,继续说,“每年年底都会有几吨结余,常常放弃的。”

“小卢,能不能用这点煤先让教职工喝到 100℃的开水?”

“沙校长……”

“小卢,还是叫沙老师好。”

“沙老师,那肯定做不到的,煤的计划量不够呀!”

“小卢,能不能有什么别的办法吗?”

小卢没有立即答得上来,想了好一会,他说:“沙校长,哦,沙老师,有个办法我曾经想到过……”接着说了他的想法和建议。

“小卢，谢谢你出了好主意！”

第二天中午，沙书筌召集总务处部分人员会议，出席者有两个主任，采购小王，电工小陈，木工老李，司炉小卢，还有一男一女两个勤杂工。

“同志们，大家好！不来不知道，来到总务处才知道你们的工作繁杂辛苦，而且还常常不被理解，这不满意，那又有意见，真有点不大公平。”这样的话语与会者难得听到，很有一股暖意，一下子觉得这个新校长很会体谅他们的。“不过说实在话，如何让第一线的老师和职工们工作顺利和方便，是我们总务后勤应尽的责任，我们要用我们的工作，让他们为我们拍手叫好。作为主管总务后勤的副校长，我一定和大家一起，把从前做得好的继续做好，做得不够的地方努力改进和提高。比如，全校教职工喝不到100℃的开水已经好几年了，你们知道老师们一连几堂课下来都喊得口干舌燥，喝口开水就如机器加点滑润油呀！今天我召集这个会议，目的就是如何尽快让全校教职工喝到100℃的开水。当然，事情会有困难，所以请大家来一起讨论讨论，出出主意。”

想不到第一个开腔的竟是老主任，他手里照例捧着个茶杯，语速慢悠悠地说：“这个问题嘛，早就应该解决了，呵呵……”

“老主任好像几年不说话了，今天新校长召集会议，怎么忽然积极起来了？”赵主任讥讽意味十足地说。

“说了无用，何须多说？”老主任的语速依然慢悠悠地，同时揭开杯盖，喝了一口，抬头扫视一圈，再盖上杯盖，说：“自己带的，呵呵！”

“咳，我说老主任，风凉话好说，问题好几年不解决，你是主任呀！”赵主任的语调似乎有点儿火气了。

“风凉话，我是说过好几年了，呵呵……”

“好了好了！”沙书筌伸出双手，手心向下压了压，继续说，“今天我们开会，不是刨根问底，也不是追究个人责任，目的是如何让全体教职工尽快喝上100℃的开水。”

“沙校长，我来说说！”司炉小卢站起身来说。

“好，小卢你说，坐下说！”沙书笙做个请坐的手势。

“眼前煤的计划量，要在大炉里烧到100℃是做不到的。我有个想法，可以在大炉附近造一个小炉子，用平时结余下来的煤，供应教职工喝开水肯定是没有问题的！”

“对对，有这种炉子，俗称‘炮仗炉’，像个桶，烟囱直直的在顶上。”采购小王有所发现地说，“近郊小镇上的茶馆多数用的就是这种炉子，价钱不会贵。”

“看来这倒是办法，”沙书笙说，“老主任，赵主任，你们看看行不行？”

“倒是个办法。”赵主任说。

“只要动脑筋，问题就不难啰。”老主任似乎又有些感慨了。

大家都说行。

“太好了！”沙书笙说，“接下来我们讨论讨论事情怎样一步一步地落实，首先自然是请采购小王到市场上去探寻这种炉子哪里有得买，价钱多少，如何安装等等。”

“我下午就出发。”采购小王说。

“炉子安装好以后，我愿意兼管。”司炉小卢说。

小卢不仅出了个好主意，又敢于挺身而出多承担一份劳动，无疑是给会议增添某种信心与激励的气氛。

“今天的会议让我很受感动，很受鼓舞，谢谢大家！”沙书笙说。“我希望一个月之内让全体教职工能够喝上100℃的开水，办得到吗？”

“我看办得到！”赵主任似乎也有点来劲。“只要小卢把水烧开，教师职工随时可以去泡灌。”

“我想我们尽力服务到位，能不能在大家八点上班以前把开水送到办公室?”

“没有问题，八点以前我一定把水烧开!”小卢说。

“那就请老师们必须提前把空瓶送到大炉间。”赵主任说。

“老主任，赵主任，我是当老师的，知道老师们早晨到校都在急急忙忙准备上课的事，下午放学老师们又是批作业，找学生谈话，搞课外活动等，事情多得很，送开水，收空瓶都不麻烦他们了，由我们总务处全包下来吧。”

“沙校长，这有必要吗?”赵主任说。“当老师的也应当有劳动习惯，再说楼上楼下这么多办公室，勤杂工人手也不够啊。”

“勤杂工嘛，做了这样不做那样，人手总是可以挤得出的。”老主任说，着实是一种经验之谈。

“勤杂工也是八点上班，收空瓶，送开水，那么多办公室，楼梯一层一层地爬，八点以前送到办公室无论如何是来不及的。”赵主任说。

“那么这样行吗?”沙书笙说，“送开水的与收空瓶的分别由两个人做，时间上可以错开，送开水的提早上班，提前下班，收空瓶的，延迟下班，第二天延迟上班，这样不是可以解决了吗?”

都说这个办法好，大家再没有异议。

“送开水的事我来做，我是男的，”那男的勤杂工指了指旁边的女勤杂工说，“总不能叫她做喽。不过一瓶一瓶地提，倒不是怕累，太费时间，我想木匠间能不能做两个框框，我来挑，这就可以又快又方便了。”

“两个框框，明天就可以做好!”木工老李说得爽快。

“下班以后收空瓶我来做，我保证做好!”女勤杂工举起手说。

会议开得比预期的还要好，多少年的难题眼看即将解决，沙书笙异常欣喜。

第二天中午，走廊里看见电工小陈跑着过来找他说：“沙校长，我有个建议，上午没找到你，我已经跟赵主任说了，看到你我向你再说一遍。用电炉好，买一只电炉价钱跟造一只炮仗炉子差不了多少，而且干净，制热快，用电不限制，又可省煤，我算过，负荷也不成问题。”沙书笙十分高兴地握住他的手，说：“谢谢你，谢谢你！”

下午，赵主任来到沙书笙的办公室，说他有更好的办法，接着他说的是电工小陈先前对他说过的话，不过沙书笙还是声色不动地耐心聆听，完了他说：“太好了，这样问题的解决也许用不了一个月？”赵主任也显得很得意地说：“当然，沙校长，你就放心吧！”

临近下班的时候，沙书笙忽地想到教职工的开水问题解决了，可不能忍心仍然让住读学生继续喝70℃的温水呀，能不能利用省下的煤，一并解决学生喝开水问题呢？沙书笙转身又去了大炉间，对小卢说：“教职工喝开水用电炉，那么省下的煤够不够解决住校学生的开水问题？”

“沙校长，这恐怕很难，”小卢显出为难的神色，“小炉子水量太少，学生人多，烧大炉，煤还是不够的。”

“那么大炉里是否可以降低水位？”

“降低水位是可以的，但是后来的人就没水了。”

“小卢，我们闭着眼睛让学生天天喝70℃的水，学校实在是说不过去的，于心不忍啊，况且也不利于学生的身体健康！”听沙书笙说着，看得出，小卢也真的动了情。“小卢你看这样行吗？中午水烧开，主要供饮用，凭票限量，晚上照旧。”

“沙校长，这个办法虽然麻烦些，倒是可以的，只是水位降到哪里，每个寝室发几张票要计算得好。”

“真的可行？”沙书笙想再证实一下。

“我想是可行的。”

“那好，我明天让老主任与你具体商量。小卢，谢谢你！”

半个月之后的一个星期六，学校宣布“从下星期一开始向全体师生供应100℃开水”。沙书筌没有料到，这条消息简直成了学校的大喜讯，尤其是教职工，办公室里击掌欢呼，室外相遇言必赞“100℃开水”。星期一当天，不少教师职工带来了新杯子，泡上新茶叶，碰杯互贺。沙书筌走到哪里，都有人向他竖起大拇指。然而，沙书筌想，这根本算不得解决了什么旷世难题，以往并非不能也，乃不为也。不过这个看法，任何时候，任何场合，沙书筌从未表露过。

第六章
“酱爆土豆”事件

100℃开水问题的解决，沙书笙非常有意识地把成绩归功于总务部门的团结合作，总务部门的同志也仿佛第一次从自己服务对象的赞誉声中体会到了自身工作的意义和满足，而这一点，声音最响，经常溢于言表的是赵主任。

乘着赵主任的良好感觉，沙书笙约请两位主任带着他全校各处巡视察看。

学校大门的右侧是百米有余的围墙，沿着围墙搭建了很长一段简陋的棚屋，以及四五十米的自行车棚。赵主任从一大串钥匙中拣来拣去终于拉开了棚屋的竹门。最先看见的是一张再粗糙不过的又长又宽的大桌子，上面放满了各种各样的仪器盆罐。赵主任说：“这些都是物理化学还有生物实验室废弃或者替换下来的设备。”沙书笙仔细查看，有的还有玻璃罩罩着，有的用旧报纸包着，大部分就这么裸露着，满身是厚厚的尘埃。往前走过去，是长长的一段堆放得相当整齐的旧木料。这个沙书笙知道，从前学生宿舍用的是木床，“文化大革命”中损坏得厉害，从复课闹“革命”开始陆续用铁床替代了，至于旧木床去了哪里自然无须知晓，原来都藏在这里。再过去，是从现在的初三高三年级替换下来的旧课桌椅，最边上是许多缺胳膊少腿的废桌椅，乱七八糟地堆放着。面对这一切沙书笙想，花钱占地搭建这些棚屋，存放那些永远也不会再用而且必将越放越烂的东西，心中可谓感叹不已。沙书笙故意似乎不假思索地问问，赵主任的回答倒是如实认真，一点儿也没有觉得如此处置有什么不妥，语调表情如常。老主任似乎有点看法，不过只是哼哼哈哈地微笑。

离开棚屋，来到男生宿舍。一进入走廊，迎面扑来的是厕所的浓重臭味。进去一看原来小便池与大便槽还都是原先的水泥面，虽然看起来洗刷得还干净，但是污垢渗透入里，已经成了臭味的源头。沙书笙说味道太难闻，赵主任说："所以才叫厕所嘛。"来到盥洗室，沙书笙马上想起了因为学校里没有浴室，大热天学生们洗澡就拥挤在这里，争先恐后地盛水，然后一脸盆一脸盆地往头上浇，常常弄得水漫走廊，以至漫进就近的寝室，于是常有纠纷发生。老主任说："有一次还打了起来，把脸盆都砸烂，呵呵。"沙书笙那时就想过，能不能让学生洗澡有个浴室呢？女生宿舍没有上楼，仅从一楼走廊穿过，南向的寝室部分由女教工居住，北向全都空闲着。

走进教学大楼已经临近午餐时间。这里的厕所也有臭味，虽然贴有白色瓷砖，但是层层污垢早已使之变黄，有的还缺角、缝裂。

教师办公室的每一张桌子上都放满了练习本、教科书、备课笔记以及茶杯餐具等，老师们的随身挎包或者大衣外套全都拥挤在椅背上。走进高二年级组办公室，几个最后一节没课的老师，餐毕已经埋头在杂物之间的桌面上打起了盹。

沙书笙他们三个刚刚跨出教学大楼，几个学生向他跑了过来，手里端着一盆黑乎乎的东西，说："沙老师，你现在是校长，你看看这种菜可以吃吗？"沙书笙接过盆子边看边问："什么菜？"学生说："酱爆土豆，你看，土豆心子都是黑的，像煤球！"沙书笙接过盆子，即刻快步朝学生食堂走去。食堂里学生们都站着不吃，等待学校领导前来给个说法。沙书笙一进食堂便大声说："同学们，这种菜不能吃！"说完他转身进了厨房，不过半分钟他出来又大声对学生们说："这种菜不能吃，统统倒掉！同学们，今天委屈大家了，下面供应酱菜，明天中午补偿，每人一块大排！"同学们听了有的说好，有的笑，有的还拍手。

厨房里的所有工作人员都出动，有的拿着空盆回收酱爆土豆，有的捧着酱菜逐桌分发。

沙书笙见同学们重又平静地用餐了，再进厨房通知班长，待他们餐后收拾工作停当，他和老主任过来跟大家开个会。

餐后，沙书笙和老主任来到厨房。厨房里十几个人围着一张巨大的工作台很安静地坐着。

"1986 年 10 月 15 日，星期三，我希望大家要永远记住今天这个日子！"沙书笙非常严肃地开始讲话，"因为这一天，我们的食堂发生了'酱爆土豆'事件……"

"这件事我首先应当检讨……"厨房班长愧疚地抢先表态。

"不急！"沙书笙伸出一只手挡住了班长的发言。"现在我首先要提出几个问题，请相关的同志一定要如实地回答，好吗？"

大家都说"好的"。

"这批土豆是谁买进来的？"沙书笙问。

"是我。"食堂采购老罗回答。

"订货的时候有没有仔细查看过？"

"没有。当时虽然觉得成色稍差些，但没引起注意。"

"货送来时你在场吗？"

"不在场。"

"这批土豆入库时，有没有认真查看过？"

"没有，"库房保管员回答，"总以为采购买来的不会有问题。"

"在库房存放了几天？期间检查过有什么变化没有？"

“记不大清了，大约五六天，期间没有检查过。”

“今天削皮切块就在这个工作台上吧，大家没有发现土豆心子是黑的？”

“发现了，工作也停下了。”好几个人同时回答。

“后来呢？”

“是我跟两个厨师商量后，决定多放点酱和着一起烧……”班长说。

“所以就叫‘酱爆土豆’，不，应当叫‘酱包土豆’，就是用酱把黑的心子包起来！”沙书笙的说法有点让人要笑，但没有人能笑得出来，“有人提出过反对意见吗？”

“没有。”

“我说过这样不大好，但是不敢说得响。”一个中年女工胡阿姨说。

“中午你们有谁吃了‘酱爆土豆’？”

“没有。”

“我的问题问完了，相关人员也都回答了，接下来是我们应当怎样对待这件事情呢？我不要什么检讨，口头的，书面的，都不要！我相信从刚才的问答之间，大家都能够认识到我们应当怎么做了！同志们，食堂工作是一桩良心活，特别需要设身处地为吃的人着想，特别需要崇高的觉悟，‘酱爆土豆’的错误实在不小啊！想想看，我们怎么可以连自己也不愿意吃的东西，让广大学生和教职工们从嘴巴里咽下去……”

“沙校长，我错了，我错了，这种错误我再也不会犯了……”班长终于忍不住，抢着插话，话音里觉得出他诚恳坚决的态度。

“沙校长，我们一定改进！”

“我们一定好好改进！”大家都附和着说。

“好！从现在开始，我和大家一起努力！”沙书笙转向采购继续说，“老罗，明天中午的大排能解决吗？”

“已经解决了！电话联系好了，明天早上取货，我一定好好检查。”

"很好!"沙书笙看了看手表,"下面我还有一节课,接下来由老主任留下和大家一起商量如何改进的问题,不必花太多时间,以后有关食堂的事,我请老主任与大家多加联系。"

"好,好,你上课去吧!"老主任对沙书笙说,这次他的话语没有了"呵呵"的尾巴。

"最后我有个提议,"沙书笙临要走时说,"请班长到教导处要一块小黑板,写上'不忘 1986 年 10 月 15 日,星期三,酱爆土豆事件',并且把它挂在我们厨房最显眼的地方,你们同意吗?"

"同意,我们永远不会忘记这一天!"大家都这么说。

沙书笙上完课回到办公室,老主任已经在那里等着,并且一见面就急切报告说:"大家谈得很好,决心很大,一共订了八条规定,我都记下了,小黑板已经挂好,除了写上你说的这句话,还补充了一句……"

"补充了一句什么话?"沙书笙问。

"我们保证决心用行动改进。"老主任回答。

沙书笙觉得"保证"与"决心"意思有点重复,但这是他们自己的语言,于是说:"很好!"

"大家的积极性很高,所有人都放弃午间休息,正在彻底大扫除。"

"谢谢你,老主任,今后食堂的事情就拜托你多关心!"

"好,好,沙校长,听你的,呵呵!"老主任说得爽快,那习惯性的尾缀又带上了,不过这回其间显然掺和着某种信心与兴奋的情绪。

第二天午餐时,沙书笙在学生食堂外面,透过窗户悄悄向里张望,看见学生们津津有味地咬啃着大排,心里的滋味比大排更加浓香!没有多停留,他不想让学生们发现,转身到教工食堂也去用午餐。

今天教工食堂也吃大排,四五个人排着队。胡阿姨在窗口售菜,见轮到沙书笙了,便在大盆里挑来拣去把一块最大的放进了他的搪瓷菜盆里,沙书笙赶忙说:"我不吃肥肉,胡阿姨,给我精的,喏喏,就边上这块！”大排少了边沿厚厚的一层肥肉，比原先的那块整整小了一廓。

沙书笙刚刚坐上饭桌，几个老师随即围了过来。一个说：“新官上任三把火，一把比一把烧得旺！”另一个老师抢着说：“记得吗？有句话饭桌上说了好几年，‘谁能把301中学的食堂管好，谁就可以当校长’，现在终于西天出太阳了，沙校长，够格！”沙书笙说：“别这般肉麻兮兮的，说说你们还有什么要求和建议？”一个年轻老师说：“有，我们这些常年住校的教职工，晚饭比午饭总是还要低一档次，是不是也能改善改善……”这时候汪西茜老师端着饭菜也挤进来说：“沙校长，你高升了，可把文体委员的工作落在我身上了！”沙书笙说：“那不是太好的事嘛，你有的是热情和办法！”汪西茜说：“沙校长，今年元旦迎新音乐晚会还搞不搞？”沙书笙说：“搞啊！”汪西茜说：“好，那我俩再唱两重唱！”沙书笙说：“不行不行！”汪西茜说：“不行不行，你总说不行，上回不是合作得很好吗？”沙书笙说：“真的不行，我忙不过来。”汪西茜说：“你当文体委员我可是全力支持的，怎么，当了校长就把我撂下不管了？”沙书笙说：“不是不是，真的是忙不过来，请你原谅。”这时候餐厅里人已经很少，工作人员也已经收场离去，沙书笙嘴上说着“住校教职工的晚餐确实需要改进”，便端着餐具去了厨房。汪西茜真是有点生气了：“好话听多了，官架子就摆起来啦！”一个老师说：“汪老师，你可别冤枉他，其实他是很喜欢与你合唱的……”汪西茜说：“那为什么还这么扭扭捏捏的？”另一个老师说：“汪老师，这你就有所不知了，你和沙校长合唱那么好，有人不高兴了，吃醋了！”汪西茜笑着说：“嘻嘻，这有什么好吃醋的？”又一个老师说：“何止吃醋，气得发怒！”汪西茜不解地说：“简直滑稽！”

沙书笙走进厨房，胡阿姨靠近过来问：“沙校长，你怎么不吃肥肉？我记得……”沙书笙拦住她的话头说：“胡阿姨，我谢谢你的好意！假如我吃了你为我挑来拣去的那块大排，人家会说这个胡阿姨拍新校长的马屁，说我呢，副校长当上没几天就多吃多占，结果我们两个都落不到一个好字，你说是吗？”胡阿姨恍然大悟地笑着说：“你这个新校长，真是好！”

汪西茜却因为沙书笙不理不睬的样子，又加上饭桌上几个老师的一席闲话，心情忽然变得一团糟，难以平静。第二天，她就把一张请辞报告塞到了工会主席马湘英的手里。

汪西茜的办公室在音乐教室旁边的小间里，忽然校办主任敲门通知她，说凌校长有事找她。

校长室门没关，仿佛是特意开着等她。

“凌校长，你找我有什么事？”一进门，汪西茜便直言发问。

凌校长没有马上应答，先去关上门，转身伸出一只手示意沙发请坐，然后便去泡茶，在将茶杯放上茶几时，他说：“其实也没什么事。”

“没什么事你找我来做什么？”汪西茜的话语似乎有些生硬。据研究，一个女子假若对自己的形象有充分的自信，并且性格单纯而爽直，那么面对任何男人抑或什么官员，她的言辞往往很是随性，甚至无所顾忌。

“没什么事就不能请你来我这儿坐坐，喝杯茶吗？”凌校长面对这样的女子，偏偏有着足够的耐心。

“谢谢，真让我受宠若惊！”汪西茜闻到了茶叶的清香，斜睨一眼，但没有喝。“凌校长，到底有什么事，你就直说吧！”

“听说你工会文体委员不想当了，提出了辞职，是吗？”

“是的。”

“为了什么呀？”

“工作开展不了。”

“遇到了什么难处？”

“我想开始筹备元旦音乐晚会，找第一个人商量就碰了钉子。”

“谁？”

“沙书笙，当了副校长，架子大起来了，我想再与他合作两重唱，他不干！”

“为了什么？”

“他没有说，后来别人告诉我，说沙书笙与我合唱，有人生气了，还说脸色很不好看的……”

“哪有这种事……”

“凌校长，你去做做沙书笙工作，校长的话副校长总归会听的。”

“这工作我可不好做。那么，汪老师，少了这个节目就不成？”

“哦，凌校长，我和沙书笙合唱，你是真的生气了，吃醋了，是吗？”

“汪老师，我们两个人表演过两重唱，你忽然把我抛下，与他一起唱，这能不让我有点尴尬吗？”停了一会，忽然语调恳切地继续说，“要不，我们俩再次合作吧！”

“凌校长，这是音乐，是重唱，讲究调谐，讲究和声，你嗓音高亢，我音量细小，我们合不到一块儿呀！”

“汪老师，请你不要这样说话好吗！当初我们俩排练、演出，你给了我多么大的快乐……”

“你大校长，宰相肚皮，听我与沙书笙合唱，觉得可以，随着大家一起拍拍手，不是一样快乐！”

“汪老师，你太不了解我了！”

“不了解什么？”

“不了解我心里的想法……”

“你大校长，我一个小老百姓，有什么需要了解你心里的想法，听你领导就是了。”

“那么请你还是把辞职报告收回吧！”

“这可真的不行！工会文体委员，唱一支两重唱，前有校长后有副校长,受尽夹板气,这工作还能怎么做?”

汪西茜工会文体委员终于辞职不干了,其原因据传跟前后与两位校长的男女声两重唱有关,至于个中的真谛没有人说得清,于是乎事情便被随意猜测,既神秘兮兮又沸沸扬扬地在全校悄悄传开了。

第七章

办公室里的衣橱

总务处的木工老李和电工小陈，早上一上班就来到各年级组办公室忙碌了起来。木工用卷尺在墙壁上丈量，报尺寸，电工拿着圆珠笔在小本子上作着记录。老师们自然要问：

“两位那么仔细丈量尺寸干什么用呀?”

“做衣橱。”电工一边记录，一边回答。

“做什么？衣橱?!”

“做书橱，你自己听错了。”另一位老师说。

“是做衣橱，可以挂衣服的。”木工一边丈量，一边说。

“真的？做衣橱!”老师们似乎仍然有点不敢相信。

木工停下手中的活转过身来说：“真的，昨天总务处会议决定的，办公室每个老师都有，高 1 米 80，宽 45 厘米，上部有个小门，可以放放茶杯餐具之类，拉开大门，可以挂衣服，最下面还可以放放拎包鞋子什么的。”

“太好了，太好了！谁想出来的?”

“沙校长。”电工抢着回答。

“要花很多钱吧?”老师们继续问。

“不用花钱。”木工显得有些来劲。“沙校长脑子灵！学生宿舍从前用木床，现在都是铁床，替换下来的木床都放在围墙边的棚屋里，沙校长看了，说占地花钱造房，存放这些必将越放越烂的东西，觉得很吃惊。他把我找去，问我这一根一根木料能不能做衣橱？我一量，高 1 米 80，8 厘米见方，我告诉他说行。他又问为办公室里每一位老师做一只衣橱够不够？我一数一算，告诉他说足够，他又问职工也做够不够，我说够，还有余。他一拍掌说弃物利用，决定为每一位教职工做一只衣橱。他忽然问我能不能找几个朋友帮忙，说我一个人做工期太长，我告诉他可以。他又拍一掌说好，争取尽快动工！”

“昨天的会上还决定，还要请沙发厂的退休师傅来校打制沙发，沙校长说我们中学如今有钱买沙发上面也不会批准，还说要做四只长沙发，八只小沙发，让老师们中午有个休息的地方……”

“这都是真的？”办公室里的所有老师都兴奋起来了。

“当然是真的！采购小王今天已经去旧货市场淘弹簧棕麻等材料了。”

木工和电工逐个办公室量尺寸，做记录，忙碌了整整一个上午，也等于同时传播了一个令教职工们意想不到的好消息。

午餐的时候，教工食堂简直轰动了，沙书笙成了焦点人物被夸赞。这一点，在木工和电工完成测量向他汇报的时候，他估计到了，所以他故意在办公室里喝茶看报，迟迟不去吃饭。凌校长前来吃饭时，大部分同志说话声音骤然轻了下来，但也有个别的反而放大了声调。也不知道凌校长听出什么来没有，吃完饭就走了。许多人注意到沙书笙一直没有出现，因此饭罢也就散去了，只有汪西茜悄悄地一直等着，直到厨房工作人员收摊了，才看见沙书笙姗姗埋头走来。

“沙校长，我一直在等你。”汪西茜轻声对他说。

“汪老师，有什么事吗？”沙书笙问。

“今天下班后，你能到我办公室来一下吗？”

"有什么事?"

"别问了,你来一下嘛!"

"好的。"

下班之后,沙书筌如约而至。

"你总算来了,我还以为你不会来呢。"汪西茜说。

"怎么会呢? 我还真有事想问你呢。"沙书筌说。

"请你等一下问,让我先告诉你,今天食堂里简直是在为你召开表彰大会,大家都说你应该当校长,这样大家一定会更加受益。"

"请大家不要这样说,这样反而令我为难。我没有任何野心,我只想把工作做好。"

"你真是个大好人!"汪西茜仿佛有些感动。

"好了好了,谢谢你的鼓励,到此为止吧。现在我问你,你为什么要辞去工会文体委员?"

"这正是今天请你来我要告诉你的事情。"

"你说。"

"我们两个人合唱。凌校长确实很不开心,很生气……"

"那不唱就是了。"

"说得那么轻巧,你就一点儿不在乎我们配合默契,很受欢迎,知音难觅啊!"

"有什么办法呢,他是校长,他的感觉与态度也是我们的工作环境,何必就这么个问题惹他生气,让他尴尬。"

"你真是个大好人!"汪西茜既觉得感动却又很是不服。"'就这么个问题'! 你就毫不在乎,我做不到,我忍不住! 一个大家喜欢的文艺节目,只因为一个领导的杂念,就撤销了,埋没了,太可惜,这不公平!"

"什么可惜呀公平呀,我们又不是专业人员,靠它吃饭、扬名! 再说我们不唱了,也省得莫名其妙的流言蜚语满天飞。"

“流言蜚语，我才不怕咧！你害怕了？我们有什么啦？我们又没有什么，你怕什么？”

“我怕这会影响我的工作……”

“噢，所以我请你再来一次两重唱，就是在影响你的工作？”

“那倒也不能这么说。”

“沙校长，老实告诉你，要不是你对我的邀请那种冷冰冰的样子，我也不至于辞职。”

“辞就辞了吧，我理解你。”沙书筌很无奈地说。

“你理解我？这个疙瘩在我心里沉着呢，我总觉得事情还没完……”

“好了好了，不就是两重唱嘛，我们俩已经唱过，反应很好，掌声很响，这就够了！”

汪西茜从沙书筌的语调里仿佛听出有点不耐烦，忽然觉得自己很是没趣，但是想到今天请他过来的真正原因时，先前的脸色一下阴沉了下来。

“沙校长，对不起，我理解你不愿再唱两重唱还有原因……”

“你理解什么啦？”

“我知道了你妻子的情况……”不知怎么，汪西茜自从听到了情况后，心神一直宁静不下来，她一定要当面对沙书筌表示她的同情和关切。

“你怎么会知道的？”

“很偶然，昨天刚刚知道。”汪西茜的神情显得更加凝重，无限惋惜，“怎么会的呀，真是太不幸了！”

沙书筌注意到汪西茜充满关切与同情的神色，静默了好长一会才说：“是命运的捉弄吧……”

“你真是一个坚强的人，不知道的人，一点也感觉不到你心头的千斤重压！”

“灾难降临到头上，只有挺起腰杆面对！”

“家里的事情这么沉重，更别说精神上的负担了，可学校里你工作还是那么认真，关心群众的利益考虑得那么周到！”

“工作忙碌的时候什么都忘了，一安静下来，我就想她，我已经不知道什么叫爱，什么叫爱她，我只知道疼她，那真是穿心透骨的疼啊……”

沙书筌说着，泪珠便抑制不住地滚落下来。汪西茜赶紧拉开抽屉，将纸巾塞到他手里，自己也流泪了。

“真正不幸的是她！”沙书筌很少能有倾诉的机会，眼下面对汪西茜竟然尽情地释放。“年纪轻轻的她，现在已经不是一个社会意义上的人了！难得有清醒的时候，她有时认我是她的哥哥，有时说我是她单位的领导，有时说不认识。有一次我问她我是谁，她回答说‘老公……老公……’，我猛地抱住她，号啕大哭，心想只有这极难得的瞬间我拥抱的才是从前的那个她啊！”

说着，沙书筌竟然抽泣失声，汪西茜也陪着拭泪不止。

“结婚以后，她总说我是家里的中心，我的吃穿以至睡眠她照顾得无微不至。”沙书筌擦擦眼泪继续诉说，“但是她脾气不大好，很任性，做累了就要发火，其实她原本不是个家务能手，我要插手，她又不让，还说我只会帮倒忙，因而我们也常吵嘴。然而现在，她是我们家里的中心，家里的一切都围着她转，尽管伤情好转抑或恶化，我所做的一切必须对得起她，也必须对得起自己，哪怕她的思维再不正常，她仍然是我的妻子，我更加关心她的冷暖，特别要维护她的尊严，任何有意无意对她的不敬、冷落、歧视，更别说虐待了，我是绝对不能容忍的。过往让我连续辞退了三个保姆，就是因为这些原因。无奈，明知老丈人有病在身，我还是说服他们把丈母娘从外地接了过来，让妻子能有个最贴心的照顾。”

“那是自然了，不过她妈也是够辛苦的。”汪西茜说，“需要我帮什么忙吗？比如买菜购物什么的。”

“不用，谢谢，这些我也都能做。”

“有难处时，你尽管说！”

“谢谢你的关心，汪老师！”

他们两个离开学校的时候，天已经开始暗下来了。

第八章

"休闲茶室"破墙营业

赵主任来到沙书笙的办公室，告诉他打制衣橱已经动工，约他去棚屋看看。因为这件事情沙书笙特意拜托他负责实施，所以此时他的情绪显得颇为兴奋。

"工场放在这里，就地取材，地方展得开，声音也不致影响教学大楼里学生听课。"赵主任对沙书笙说，对自己的安排很显得意。

"大概什么时候能够完工？"沙书笙发现包括老李在内，正在工作的木工一共是三个人。

"一个月左右吧。"老李回答。

"能不能再快点？"赵主任显得很是急迫，或许正因为在沙书笙面前。

"赵主任，这怕不能。工序倒不复杂，但数量多，还要油漆，晾干，还要装锁。"木工老李忽然想到什么，紧接着说，"赵主任，其实快也用不着，安装起来要打墙洞，声音很响，也很脏，平时一个一个办公室安装不见得好，再过一个多月就要放暑假了，到那时候一起安装，新学期一开学，让老师们同时都能用上不是很好吗？"

"老李说得对，也不在乎几天时间，不过希望老师傅们质量一定要保证！"

"那当然！"三个木工都这么说。

“谢谢，谢谢！”沙书笙说着，走过去与他们一一握手。

两个人走到那一大桌子乱七八糟的仪器跟前，赵主任对沙书笙说：“这些东西我准备都作为垃圾处理掉，腾出地方，过几天打制沙发也就要动工。”

“好，干净利落！”沙书笙对着赵主任夸奖，“不过请你稍微缓几天，我去通知物理化学生物教研组长，请他们前来检查一下，能用的或者作为备件，就搬回去，能用的但不需要了，就请他们维修一下包装好，我们设法送到近郊的农村中学去。”

“还是沙校长想得周到，物尽其用啊！”赵主任也乘机奉承两句。

“赵主任，新的实验楼已经竣工，今年暑假实验室也都要搬迁完成，我们就把二楼原来的物理实验室辟作教职工休息室，到时候新沙发摆上一圈，报纸杂志放一些，热水瓶备几个，校长会议、行政会议都可以在这里召开，中午可以作为教职工的休息场所，一定很受欢迎。”

“那是肯定的！”赵主任的语调饱含愉悦，仿佛开始真正体会什么叫做成就感，“沙校长，向你汇报，我已经安排小王采购瓷砖，暑假里男女生宿舍的厕所都要贴上瓷砖，教学大楼厕所的旧瓷砖统统换掉，按照你的要求做到厕所不能有臭味。”

沙书笙看着赵主任，觉得这个人只要调动得当，确实很有能量，于是颇有感触地说：“赵主任，谢谢你考虑周到，行动果敢，赵大哥，再次向你表示感谢！”

“沙校长，你就别客气了，”赵主任似乎也真的有些感动，“你主管我们总务后勤还不到半年，我算是明白了，跟着你干，值得！”

沙书笙没有说话，侧过身去，伸过双手紧紧地握了握他的手。

离开棚屋，两个人走到校门口。

“赵主任，马路对面原本是冷清清的，现在商店越开越多了，很有些繁华的气氛了，”沙书笙指着对面马路对赵主任说，“现在要改善教职工的福利，上面给政策，但是没有钱，钱要自己去挣，搞创收，所以校长们的压力都挺大。赵主任你对市场的了解比我强，你看看我们这边那么长的围墙可以动动什么脑筋吗？”

赵主任没有说话，但是若有所思地点着头。

大约三四天之后，赵主任与厨房班长一起找了沙书笙，说他们两个前天晚上到对面马路兜了一圈，了解了各种类型的商店。

“你们这是在做市场调查啊，好，好！你们得出了什么结论没有？”

“我们两个商量来商量去，”赵主任更加来劲了，“我认为就利用棚屋开一个茶室，房子只需稍微装饰一下，把那里的课桌拼接成一张一张小方桌，盖上彩色塑料布……”

“供应什么呢？”沙书笙问。

“可乐、橘子水什么的揭盖现倒，以杯计量。茶，现泡。还备些小点心……”

“这个主意太好了！”沙书笙大声肯定，“老实说，我们想赚钱，但却没有钱用来投资，这个茶室花不了多少钱，开张时间又短……”

“抓得紧点，我们准备暑假期间就开张。”

“估计会有生意吗？”沙书笙问。

“这个市口看来会越来越繁忙，可茶室还未有一家，而且隔壁马路的机械学院学生常常成群结队来这里购物逛街，他们很可能会进来坐坐，歇脚聊天，喝上一杯。”赵主任说。

“我相信你们的眼力和判断！”沙书笙也显得更加有信心了，“那店面请谁来坐镇？”

“我！”厨房班长挺一挺胸膛说，“我在家乡开过小店，现在又是住宿舍，晚上做得晚点没问题。”

“赵主任，你看行吗？”

“行！我与他商量，好多主意就是他出的。沙校长，你给起个名吧！”

"赵主任不是说了,'歇脚聊天,喝上一杯',就叫'休闲茶室'!"

"好,这个名儿起得好!"他们两个一起说。

"好,就这么定了!"沙书笙也真的来劲了,"学校的创收就从这里起步,拜托赵主任,拜托两位,准备工作做起来吧,力争暑假中开张!"

这个暑假,沙书笙注定得不到好好休息,连多多照顾轮椅里妻子的时间也要被挤压,他像腹中怀了多个胎儿,急迫又兴奋地期盼它们一个个呱呱坠地:实验室搬迁的进度如何了?衣橱开始安装了吗?沙发打制情况怎样了?教工休息室的地坪和墙壁修饰了吗?"休闲茶室"的准备工作启动了吗?遇到什么困难没有?还有,女生宿舍底楼北侧辟出八间寝室改建成男女浴室,这也是定下来的事,不知进展怎样了?等等。暑期中,沙书笙一天起码来学校一次,兜一圈,看看,问问,有时一天来两次甚至三次。

这个暑期,学校不仅外聘了好几个临时工,总务处的大部分同志也都来加班,个个精神振作地忙碌,连假期从来不到学校的老主任,沙书笙也碰到过两回。老主任告诉他,"从前给解放军将军烧菜的老朱,老党员,现在让他当班长,积极性可高啦,他说要砌一个小灶,从下学期开始,住校老师晚餐可以预订炒菜",他来看看小灶砌得怎么样了。沙书笙激动得一把握住老主任的手说:"老主任,你这不仅是为教职工小灶炒菜,你是为我们的食堂工作增光添彩啦!"老主任说:"沙校长,你说得好,呵呵!"

八月十五日下午两点,休闲茶室正式开张。十几张小方桌上盖着淡蓝色的塑料布,奶黄色的四壁挂着美术老师裱制的风景画,垂得低低的四个浅绿的大灯罩发出优雅的光,两个喇叭箱还播放着轻音乐,还真有点休闲气氛。

厨房班长坐在一张讲台后面,高高地统观全局,没有规定打烊时间,有客人,他就陪着。沙书笙时不时过来看看,生意真还不错。

第九章

校长的报告与书记的谈话

八月二十八，全体教职工开始上班，顿觉一派新鲜气象。人人分到了自己的衣橱，个个兴奋地安放各自的书籍等物件，餐具茶杯往里一放清洁卫生，小小的写字台一下变得宽敞了许多，来日大衣外套都可钩挂，挎包拎包往橱里一锁，放心安全。又看到教工休息室里崭新的沙发，还有四张宽敞的茶几，再听说休闲茶室已经开张并且开始赚钱。男女生浴室也已经建好。于是，大家很自然地想到沙书笙，溢美之词不绝于耳。

十点钟，照例是全体教职工大会，校长做报告。凌校长开宗明义报告主要讲两个方面内容，一是今年高考情况信息汇总，二是随市校长代表团赴欧考察汇报。

"危机！危机啊！"凌校长晃动着手里的一卷白纸，就这样令人警醒地开始了他有关高考情况的汇总。"我通过关系从考试院搞到了二十六所市区重点中学今年高考的全部资料，告诉老师们，我们差一点被踢出第一集团！今年我校的高考升学率，以及成绩总评都只在第八的位置，这是第一集团的边沿，岌岌可危啊！五年之前，我们曾经是全市第三，如今这份荣耀到哪里去了？答案都在这里！"他再一次晃了晃手里的那卷白纸，继续说，"我已经请校办准备好了分学科的复印件，会后分发到各教研组，资料详细得很，试卷的每一部分、每一道题，以至每一道题的分值分布，统计十分详尽。我请老师们好好做一番分析比较：一、分析比较我们平时的练习题与高考试题的难易程度，差距在哪里？二、分析比较位居我校之前学校的试卷总分、乃至每一道试题，分差是多少？三、制订新学期日常教学与复习迎考的周密规划。我还要告诉老师们，我已经与市一、市二、市三、华兴、兴华，加上我们共六所重点学校，本学期开始，从高一到高三的所有高考科目，月月联考，月月分析比较，借此警示，促进提高，我们再也不能高枕无忧了！”

老师们听得神经紧张，鸦雀无声。

“不过，我还是有好消息告诉大家，我们的数学高考，今年重又回到了全市第三的位置，在此，我向高三全体数学老师表示祝贺与感谢！”

全场鼓掌。细心的人清楚，袁立新老师是高三数学组备课组长，按以往凌校长一定会提及他慧眼引进的袁立新老师的姓名，可这回却没有。

“我决定，”凌校长继续说，“奖励这次高考夺回第三的全体高三数学老师总共 5 000 元！”这是个相当可观的数目，全场再一次鼓掌。“不过，我不搞平均主义，请教研组长先拟一份报告上来，按分论价，分多多得，小数点也要计算。别的地方可以节省，奖励分数我是舍得花钱的。搞教育，分数是硬道理，从今以后，你们要奖金，要职称，请拿分数来！”

在凌校长嘴里，这是多么鼓舞人心的奖励机制，可老师们听了就像吞了苍蝇，哇塞到根，说不出，道不清。沙书笙则马上想到学生，机制会衍生观念和习惯，老师教育学生的目的可能演化为仅仅为的是向他们索取分数，于是乎分数高的学生被偏爱，那些成绩滞后的学生以至家长真是压力山大啊！

“在这次欧洲考察活动中，我们一共走了七个国家。”凌校长开始报告第二方面的内容。“怎么说呢，发达国家就是发达，汽车穿梭不息，但是秩序井然，人们过马路，是红灯没车也不走，哪像我们这里，有车也照样闯红灯。说来有趣，在德国连狗也很文明。德国人喜欢养大狗，比狼还高大，但是它们都经过专门机构的驯养，有证书，所以你不必害怕，每一只都很温顺。西方的大城市，都很注重绿化，市中心常常能见到几个足球场大小的草坪，年轻女子半露着身躯，星星点点躺卧在草坪上晒太阳，可谓景色独具。西方也确有腐朽的东西，法国尼斯的男男女女躺在沙滩上晒太阳，竟然全露身躯，一无遮挡！在荷兰。妓女穿着三点式，坐在橱窗里展览，供嫖客挑选……"

沙书笙听着大为吃惊，这哪里是什么考察汇报，分明是观光猎奇，炫耀出国开了所谓眼界。

"我们还参观了几所学校，因为是假期，我们只能看看校舍和设备。规模都不大，但建筑精致，设备先进，我们的学校哪能跟他们比……"

沙书笙想，花钱出国，仅仅把我们自己比下去，绝对不是考察应有的目的。

午餐时，饭桌上也是议论纷纷，老师们的看法与沙书笙何其相似。忽然有位老师说："沙校长带领总务后勤部门，半年多来，从100℃开水到我们每个人一只衣橱，尤其是暑假里他们加班加点做了那么多好事，凌校长的报告里竟然一字未提，这太不公平！"另一位老师讥讽说："不是说了吗，搞教育分数是硬道理，沙校长他们辛辛苦苦干的，不是分数，不是硬道理！"再一位老师说："我从老同学那里知道，人家外校都在传扬沙校长为广大师生做的好事，出口已经转内销，我们自己的学校却一无声息，绝对让人看不懂！"

总务后勤部门的同志，也颇有微词。沙书笙说："校长有校长的考虑，我们没有其他目的，为广大师生服务是我们的本分，同志们不必多有疑虑，工作一定不能放松！"

其实，沙书笙心里比谁都清楚，凌校长对他早有成见，假如沙书笙作为副校长工作庸庸碌碌，四处碰壁，一事无成，甚而出点什么问题，他心里会暗喜又舒服。可是偏偏过往一直以为办不到的事情，以及一般人想不到的好事，沙书笙却带领总务部门的原有人员，并未增加开支，一桩一桩快捷而又出色地办到了，获得了广大师生的普遍赞誉。然而这一切，凌校长充耳不闻，视而不见，对沙书笙的成见却愈加地深切而纠结，甚至认为沙书笙人气的快速升腾简直是在动摇他的既有地位。

所以然，别说全体教职工大会上凌校长对沙书笙主持的总务后勤工作只字不提，就是在校长会议或者行政会议上，也从未有过只言片语的说及，更不用说鼓励表扬之类了。其他领导对这一点自然多有觉察，所以任何场合谁也不会无趣地提及。

沙书笙本无欲求，所以泰然淡定。他也从不主动汇报，免得被误解为自我显摆，如若细说有关100℃开水问题，那简直是有意刺激他。沙书笙只求能够平稳地继续他预期的工作。不过有些事情却不能不向领导们通报，在一次校长会议例会上，沙书笙报告休闲茶室开张刚满一个月，净赚八千，估计一年十万不成问题。这可是意想不到的惊喜，凌校长马上拿出计算器快速点击，粗略估算，全体教职工每天供应一瓶牛奶，这在学校之间暗暗争相提高福利的当下，却是一件叫得响的事情，于是他说："从国庆节开始，以学校名义，上班教职工每天供应一瓶牛奶!"沙书笙首先表示赞同，支部书记和其他两个副校长自然都说好。

国庆假期回来，教职工们喝着牛奶，尽管以什么名义，谁都知道这是休闲茶室创收带来的福利。于是，沙书笙的人气更旺了。

有一天，校办主任通知沙书笙说支部书记要找他谈话。沙书笙以为支部书记觉察到了某种微妙，特意找他去安抚几句。

走进支部办公室，看见写字台上放着牛奶，还没有开盖。书记脸色严肃，没有一丝笑容，沙书笙立即敏感到谈话内容并非他所想象的。

"书记，你找我有什么事?"沙书笙还未站稳就问。

“别急，你先坐！”书记指一指他写字台旁边的一把椅子说。

沙书笙坐定之后，书记也坐到了自己的座位上，对着沙书笙慢悠悠地说：“沙校长，你是我们校级领导的新成员，工作很努力，也很有成效，但是在有些问题上可不能放松噢，要警惕！”

“书记，什么问题？”沙书笙语速急促地问。

“什么问题？你自己不知道！”

“哦，是的，工作还有许多不足，我需要更加努力！”

“沙校长，你就别跟我玩小聪明了！什么问题？”书记突然换了一种语调，话音格外沉重，“生活问题！”

“生活问题？！”沙书笙激动得站起身来，“什么生活问题？我没有任何生活问题！”

“你坐下，坐下，”待沙书笙坐下后，书记不紧不慢地继续说，“昨天理工学院纪检派了两位同志来到支部，反映你跟汪西茜有不正当的男女关系……”

“胡说八道！他们到底是什么人？他们凭什么胡说八道，诬陷好人！”

“沙校长，你不知道吗？汪西茜的丈夫是理工学院党委宣传部部长，是党委书记接班人的培养对象，他们警告你不要搅乱了人家的前程，他们是代表组织来的……”

“代表组织来的，那就更加要实事求是，怎么可以胡说八道，诬陷好人！”

“沙校长，请你不要用这样的词语说话！”

“就是胡说八道，诬陷好人！书记，我向组织保证，我和汪西茜老师没有任何不正当的关系，请你们调查，说到哪里我都是这句话！书记，人家女同志可忍受不了这样的侮辱，一旦寻死觅活出了大事，你们可有责任的！”

"你这是威胁我吗?"

"不是,书记,我这是提醒你!"书记愣了片刻,沙书笙继续说,"人家清清白白的女子,最受不了的就是这样的胡乱抹黑!"

"不是先前就有传闻吗……"书记的语调有点发软。

"书记,传闻你们就信!"

书记一时语塞。

"书记,我已经没有再要说的了,可以走了吗?"

沙书笙说完转身要走,书记叫住了他。

"你保证和汪西茜之间没有任何不正当的关系?"

"绝对没有！我向你保证！向组织保证!"

"没有发生过任何事情?"

"那倒不是,你知道的,我与汪老师表演过一次男女声两重唱,有人心里很不舒服……"

沙书笙差一点说出了人名,书记也不愿再往下听,赶紧说:"沙校长,你走吧,暂时不要对任何人提起这件事情!"

沙书笙觉得书记已经理解了他的真诚,于是深沉地注视了他一瞬,便转身离开支部办公室。沙书笙本想立即去找汪老师,再一想,也许她什么也不知道,不该伤害她,让她蒙在鼓里反而好。

然而第二天,办公室里、饭桌上、走廊里,甚至厕所里,令人惊异又好奇地传闻:汪西茜老师丈夫的单位派人来找过党支部,沙书笙被支部书记找去长时间谈话,如此这般,有有意添油加醋的,有无心随意搬弄的,总而言之,全校上下满城风雨。

没过三天,又有一条秘闻全校传遍:汪西茜老师要离婚了。

第十章
汪西茜老师离婚

教职工们陆陆续续已经下班，沙书笙却还端坐在自己的办公桌前，下意识的一口接一口地喝茶，其实杯水已经透凉，茶叶也早已淡而无味。听到传言说汪西茜老师要离婚，沙书笙猛地觉得有一种罪责感，虽然他们之间没有任何不可告人的关系，但是眼下这个家庭的可能破裂，与自己的名字有着切不断的瓜葛。他想立刻见到她，他将竭尽全力地好好规劝她。他似乎觉得她还在自己的办公室里，然而在当下流言蜚语的风口浪尖悄悄相见，简直是一种冒险，一旦被人发觉，这不正好撞在枪口上，坐实了谣传！然而对汪老师而言，实在正处在紧急关头，刻不容缓。但是沙书笙一贯处事谨慎，迟疑再三而难以举步。

正在这时，忽然有人敲门，进来的是袁立新老师。

“沙校长，知道你还在学校，想必你正承受着巨大的压力……”

“袁老师，谢谢你的关心！你请坐！”

“沙校长，恕我直言问一句，你是不是真有把柄落在了人家手里？”袁老师语气深沉地问。

“绝对没有，袁老师，请你相信我！”

“我相信！我原本就不相信那些传言！”袁老师把自己的座椅拖一

掩，向沙书笙靠近些继续说，“你上任以来，为学校做了那么多好事，教职工们无不称赞，这股歪风是从哪里刮出来的呢？”

“凡事总有源头。”

“沙校长，不过我所牵挂的是，上任之前你曾经上门征求我的意见，我不知道如今你是不是有点怨我，悔不当初……”

“不！”沙书笙语句铿锵地说，“半年多来，我能够和总务后勤的同志们团结合作，做了一些应该做的事情，并且获得了广大教职工的认可，我感到十分的宽慰和自豪！”

“好！沙校长，这些日子我一直在关注你，现在来找你，想要听到的就是这样的话！”

“袁老师，我想清楚了，我不仅没有悔不当初，而且将加倍努力，决不会辞职离去！”

“我支持你！相信教职工们也都会支持你！”

“袁老师，假如有一天我不得不辞职的话，像你一样我就彻底告别官场，一心一意当好我的语文老师。不过，我不会离开这个学校。”

“来日方长，你不是我，我想事情不会发展到这一步。”

“袁老师，告诉你，眼下我有一件十分紧要的事要办。”

“是什么事？”

“我想立刻见到汪西茜老师！”

“为了什么？”

“汪老师要离婚，虽然我与她没有任何不可告人的关系，但是他们家庭一旦真的破裂，我总觉得和自己脱不了干系。我要竭力规劝她，离婚比结婚事还大，一定不要意气用事！”

“应该应该，你的话也许会产生特殊的效应。她现在人在哪里？”

“我想是在办公室里。”

“那就快去呀！”

“我怕正值风言风语之际悄悄相见，一旦临窗有眼，不是正好牵扯上谣传？所以一直犹疑不决。”

“没事，我作证，你去吧，我就在这里等你！”

沙书笙走进文艺楼，透过办公室门上的方块小玻璃，看见汪老师发呆似地坐在她的椅子里。沙书笙在门板上敲了两下，便推门进去。

“你怎么还没下班？”沙书笙问。

“我知道你总会过来。”汪西茜说。

“你怎么知道？”

“凭感觉。”

汪老师搬过一张圆形坐凳，让沙书笙坐下。

“听说你要离婚，是不是真的？”沙书笙怕是谣传，话语有点闪闪烁烁。

“真的。”汪老师回答很明确。

“汪老师，离婚可不是小事，你可要慎重哦！”

“沙校长，我离婚跟你有什么关系，你为什么要这样劝说我？”

“怎么没有关系？无中生有的谣传把我牵连了进去，一旦你们家庭破裂，我会觉得内疚，甚至有一种罪责感。”

“沙校长，你真是个大好人！”汪老师脸上露出了一丝笑意。“你的这种感觉完全没有必要，我要感谢你的牵连，促使我最后下定了决心：离婚！”

“汪老师，你这话是什么意思？”

“告诉你吧，沙校长，我们的婚姻危机已经存在好几年了，事实证明这种拖延，对我的生活、自尊，甚至对我母亲的精神，都是一种摧残！”汪老师的脸上那一丝笑意已经褪尽。“沙校长，你是我的领导，但是我更把你当成富于同情心的朋友，你愿意听听我的故事吗？”

“愿意，你讲！”

“我的老家在江苏无锡，父亲是个生意人，不知怎么结识了一个外国富婆，还在我很小的时候，他就丢下我们娘儿俩出洋享福去了。母亲凭着她一个小学教师的收入，不仅要养活我，还执意要把我培养成才。家里买了钢琴，每周两次风雨无阻地带我去老师那里学习。高中毕业我考取了北方大学音乐学院，就在那里，我与他认识，恋爱。结婚时我只有一个条件，就是要和母亲一起过，他同意了，我们才一起来到了本市。婚后不久，他官运亨通步步高升，开始嫌弃我学了音乐专业不过是个音乐教师，很失望，常常半真不假地讽刺和嘲弄我。起初，我也怨自己没出息，有意压抑着自己的性情，愈加温顺地迎合他。但是没有用，他却更加不把我当一回事。有一次，我在厨房里跌碎一只碗，发出丁零当啷的声音，他讥笑我说‘比你弹奏的钢琴还好听呢’，我气得连着摔碎两只碗，从此家里的钢琴盖我再也没有揭开过，兴致全无。此后我们经常争吵，几次闹到离婚的地步。他还嫌弃我妈烧菜煮饭、居室操持跟不上潮流，太土，直至活生生把我妈气回了老家。这些还不算，他外面有人，院长的女秘书，我有确凿证据，为了保全他的面子，我就强忍着闭一只眼。倒好，恶人先告状，我知道，他想逼我离婚！”

“那你怎么办？”沙书笙问。

“离！所以你根本不必再劝我，早就该离了！”

“他的态度怎么样？”

“正中下怀。不过我要求必须满足我的条件，房子一换二，我必须得到两间，我要把妈接回来，我们娘俩一起过。”

“他同意吗？”

“他说这不成问题。他官大呀，还怕将来拿不到房子？再说，他也不敢不同意，他怕我到党委揭他的老底。”

“汪老师，我再也不想说什么了，我知道你也有不幸。”

沙书笙回到自己的办公室，天已经很黑了，于是与袁老师一起出了校门，一路上沙书笙把经过原原本本都告诉了袁老师。

几个星期之后，汪西茜老师有意让她正式离婚的事实在全校传播开去。有人问她起因是不是因为与沙校长的关系，她大声宣示：“谁要再造谣污蔑，我上法院告他去！”

第十一章

桌子拍得比你还响

赵主任从校长室出来，脚步轻快地回到总务处，提起热水瓶续满茶缸，坐下大大地喝了两口，茶叶很香，心情更是不错。不说近年来总务部门做了那么多好事，哪一桩离得了他，他沙校长也不是明里暗里倚仗着他。他忽然觉得沙书笙在他眼里，还不是与当年初出茅庐的那个小青年没啥两样，再加上近来愈加弥漫的流言蜚语，谁弄得清是非曲直，这无疑让他飙升的人气大大受挫，于是反而觉得自己头上的光环仿佛一圈又一圈。浮想之际，听见有人敲门。

“进来！”

推门进来的正是沙书笙。

“是沙校长，我正要找你呢。”赵主任坐在椅子里，望着刚刚进门的沙书笙说。

“有事吗？”

“下个月我要请假一周。”尽管假期不短，他的话语却很轻巧。

“为了什么？”

“出差。”

“哪里？”

“深圳。”

"什么原因?"

"可以不说吗?"

"赵大哥,别开玩笑,你是总务后勤部门的主任,你请假一星期,不知道原因我怎么批呀?"

"假如有人已经批了呢?"

"不可能! 我是总务后勤部门的主管,不与我联系,我想不可能有谁绕过我横里插一手?"

"告诉你吧,沙书笙,凌校长已经批了!"

"我不相信会有这样的事,主管总务后勤的责任是他亲自交给我的。你要出差,应当先打一个报告,说明原因,我批了之后,再送校长会议讨论。"

"沙校长,这就不必了吧!"赵主任的语气里,很有些讨厌沙书笙这般小题大做的态势。"是凌校长给我的机会,你就当作不知道,放了我不就是了。"

"不行! 一个星期不见了人影,让我当作不知道,我还算什么总务后勤的副校长? 不行,绝对不行!"

赵主任突然刷地站起身,"啪"的一声,整个手掌敲打写字台:"沙书笙,我坐在这个位置上的时间,比你当上副校长至今超过二十倍,你不要太过分了!"

沙书笙也刷地站起身,一个箭步跨到赵主任的写字台跟前,也举起手掌拍打下去,而且决心分量更重,声音更响。哪里知道,两只朝天的图画钉深深地刺进了他的掌心,痛得他"哇"的一声。沙书笙转眼拔出图钉,两行鲜血泉涌而出。赵主任顿时也着急起来,赶紧拉着他去医务室。校医知道是图画钉刺入,便说一定要去医院注射破伤风预防针。赵主任转身便走,说先去叫车。校医替沙书笙清洗消毒包扎好之后,两人也便出了门。

三个人一起上了出租车。校医坐在司机旁边，汽车上路后她扭头不解地问："图画钉怎么会刺进掌心里？"赵主任回一句："是我粗心，没把东西放好。"校医仍然没想通，但也不再追问。沙书笙坐在司机的后面，左手托着包着纱布的右手，半闭着双眼。赵主任的脖子好像扭坏了再也回不过来，一直面对右侧的窗玻璃视而不见地观望外景。两个人一路无话，心里各自念着自己的经。

在校医排队挂号付费领药的间歇，沙书笙与赵主任并排坐在候诊室的长椅上。

"沙校长，真是对不起，是我不好，我不该拍桌子……"赵主任终于开腔。

"我也不好，我不该想桌子要拍得比你还重，还响。"

赵主任的话语充满歉意，沙书笙说的还仿佛幽了一默，但是两个人的脸上并无笑意，不过紧绷的肌肉都明显地松弛了下来。

"沙校长，在车上我想得很多，你是我碰到的校长中最干实事的人，我虽然比你大几岁，其实我是很钦佩你的……"

"赵大哥，你就不用再说什么客气话了，我心里很清楚，如果没有总务部门同志们的团结和配合，哪一样事情做得成？我还不是处处倚仗着你……"

"不敢当，不敢当！你这话真是敲打我的良心！"看得出赵主任真的有点被感动了。"仔细想想，沙校长，我们刚才的争论，你是对的。"

"让我们再也不要说你对我错了。赵主任，你说是凌校长给了你机会，能不能告诉我是什么样的机会吗？"

"我怕你们领导之间日后伤了和气……"

"你放心，我这个任职才一年的副校长，管不了的事情绝不会瞎咋呼。"

"好吧。是这样的，那时学校不是要装备一间电脑房吗，凌校长托我跟教育局财务科牵线，把五十台电脑的生意让他的女婿做。现在事成了，说要对我表示感谢。他女婿的公司在深圳，请我去那里旅游观光，还说交通费学校给报销，到了深圳一切费用由他女婿全包。”

沙书笙不知怎么说好，他想装备电脑房总是要买电脑的，买到买好事就成，至于谁买谁卖其中到底有些什么关系，他真的弄不清，所以一时无语。

“刚才在车里就一直想，我还是不去了吧。”赵主任心里却有些忐忑。

“赵主任，这可不是我给你的建议，你自己看着办。”

第二天上午，凌校长把赵主任叫到办公室。

“和沙校长吵架了？”凌校长问，低头依然看着什么。

“没有啊。”赵主任回答。

“你就别瞒我了，还拍了桌子。”

“凌校长，我想我还是不去了。”

“你怕什么？”

“不是，沙校长说得也有道理，一个星期不见人影，他向总务部门不好交代。”

“他还说了什么？”凌校长眼光直逼赵主任，“你实说！”

“他说他是总务部门的主管，要出差先要打个报告，说明原因，他批了之后再送校长会议讨论。”

“嘿，倒是像要管到我的头上来了！”这后半句近乎自言自语，但每一个字的分量在他的舌尖上都是重重的。“这样吧，赵主任，我不为难你，不要请假了，放在假期里，把老婆也带去，你们的路费我到会计处直接签字，其他一切都请我女婿解决。深圳特区新鲜玩意儿多得很，到那时痛痛快快地玩一周！”

深圳特区据说跟香港差不多，假期里带上老婆玩一周，分文不花，这是赵主任难以拒绝的美事，他禁不住起身连连道谢。

当天下午，凌校长卸下其他一切工作，直奔教育局找欧阳书记。因为没有预约，凌校长在休息室里足足等了半个小时。

“凌校长，真是抱歉!”欧阳书记快步来到休息室，“你怎么不先打个电话，来来，里边请!”

“急着见你，没顾上打电话，不好意思，打扰了!”

欧阳书记把凌校长请进了自己的办公室。

“你请坐!”待凌校长坐定之后，欧阳书记继续说，“凌校长，看来有急事，是什么事啊?”

“说来惭愧，那位沙副校长我没有本事团结好，你能不能帮助调动一下?”

“反应不错嘛，听说工作能力挺强，为学校做了许多受欢迎的事情。”

“正是因为这个缘故，所以傲慢，自搞一套，不配合，暗地里跟我对着干……”

“情况真是这样?”

“怎么不是! 我让总务主任办一件事，他知道了坚决不同意，说总务部门是他主管的范围，有事首先要跟他联系，你看，这个沙副校长根本没把我放在眼里!”

“不至于吧。人家终究年纪还轻，担任领导工作时间也很短，许是缺乏协调关系的经验吧。”

在凌校长的记忆里犹如昨日之事，这个沙副校长的上任，是欧阳书记一手介入并且亲临聘任，所以凌校长本没企望几句话就能动摇欧阳书记当初的决定，今天亲临教育局，只不过一是试探，再是放一点他和沙副校长之间不和的风声。

“欧阳书记，要不，我让了吧!”凌校长有把握冒而无险地再做进一步试探。

"凌校长，你就别开玩笑了，301中学换校长，可不是随随便便的事情。我看你呀，不要生气，也不要急躁，给你一个年轻的副校长，既是给你一个助手，更是给了你一个任务，回去好好找他谈谈心，培养引导嘛！"

话至于此，凌校长确也觉得没有什么可以再说的了。

第十二章

打造名品一条街

一辆奔驰对着301中学的大门，哓哓按了两声喇叭又响又长，门房老头欲斥之“正对学校大门怎么可以……”，但抬头一看是辆又黑又长的大汽车，肯定里边坐的不是小人物，未敢吭声，赶紧把大门敞开，汽车迅即喷吐烟雾从他的身旁呼啸而过。那边校办主任早已在教学楼门口挥手恭候。轿车里走出两位中年男子。

凌校长在会客室门口迎候。他一眼认出了高中老同学魏山权，伸过手去说：“老同学，早听说你下海经商，发了吧？”

“哪里哪里，跟着李经理跑跑腿。”他指着旁边又高又壮实的中年男子说。

“请进，请进！”凌校长笑眯眯地面对这个陌生男子，朝会客室伸出右手说。

还未落座，李经理便向凌校长递过去名片。不待凌校长细看，魏山权抢先介绍说：“李经理原来在市府秘书处工作，前几年下海，现在可做大了，实业界赫赫有名！”

“失敬失敬！”凌校长说着走过去几步与他握手。

“老同学，李经理今天是给你送大元宝来了！”这个突如其来的话题，凌校长还不解其意图，一时未能接上话茬。魏山权接着问：“你们的

‘休闲茶室’一年能赚多少钱?”

“十万,可让全体教职工每天喝上一瓶牛奶。”凌校长泰然回答。

“太小儿科了……”

“凌校长,久仰大名!”李经理接过话头,同时屁股在沙发上稍稍转向,正对着凌校长说:“本人在秘书处时负责联系教育口,所以我知道如今的校长们都在为创收动足脑筋。”

“李经理,您算是了解我们校长的心思了。”凌校长对这位李经理骤然更增添一分敬意。

“我和你的老同学在你们学校附近仔细考察过,我们的结论是,你有一条可以吐金的长龙。”

“这怎么说?”

“就是你们学校那上百米的围墙。”魏山权解释说。

“噢,好像还不止一百米哩。”

“李经理准备包下你们这条围墙,打造本市老字号名品一条街。”魏山权细细道来,“老同学,这种时候,我理应帮你一把了,李经理也同意了我的建议,就是你们学校的收益不用租金形式,而是入股分成,来日生意兴隆,你们的收益也就浮动上扬。”

“你们估计我们可以有多少收益?”

“最保守的估计,起码是你们休闲茶室的十倍以上。”

“这可真是个大元宝了! 真有那么多?”凌校长既惊喜,又不免心存疑惑。他把视线转向李经理。

“这条街必将繁荣,水涨船高,肯定还会多!”李经理说得斩钉截铁。

“李经理,说入股,学校可拿不出钱啊?”

“你不用出一分钱,你只要让出围墙以及墙边棚屋那些土地,所有拆、建、装潢等费用都由李经理承担。”魏山权一通话解除了凌校长的所有疑虑。

“这可真是个名副其实的大元宝！李经理，谢谢，谢谢！”

“凌校长，不必客气！那么改日我们聚一聚，签个协议，尽快动工。”

魏山权兴奋地站起身说：“尽快动工，三个月之内‘名品一条街’开张！”

隔周，签约仪式在某星级宾馆的大包房里进行。校方出席者有凌校长、支部书记、三个副校长、校办主任、工会主席马湘英，还有赵副主任。对方出席的有李经理、魏山权，还有李经理的女秘书。说仪式其实很简单，几次碰杯之后，在女秘书的安排下，李经理和凌校长分别在文件上签了字。事毕大家拍手表示祝贺。在继续碰杯之间，李经理宣布“魏山权为‘名品一条街’总经理”。紧接着凌校长宣布“马湘英老师兼职出任副总经理”，大家再次拍手表示祝贺。至于协议的具体内容，校方除了凌校长，没有第二个人知道，虽然校长会议上提过有这么一件事情，但说得非常笼统，并未展开过任何的推敲论证之类。原因终究校长是搞教育的并不精于此道，抑或有意为之，那就难说了。不过有一条信息他是一定要在此刻透露的，他说：“感谢李经理和我的老同学魏山权对我们学校的关心和支持，他们说‘休闲茶室’一年赚十万太小儿科，三个月后‘名品一条街’开张，最保守的估计，我们的收益至少翻十倍！”这个数字自然语惊四座，大家热烈拍手。

沙书笙当然品味得出，凌校长特别强调的这段话太有含义了，不过他仍然和着大家一起拍手。赵主任则痛惜苦心经营月进八千的“休闲茶室”怎么就给一笔勾销了呢？他既感失落，更觉不公。他在沙书笙的耳边轻声说：“十几个门面的收益也不过‘休闲茶室’的十倍，‘休闲茶室’矮在哪里？还要讥讽它为小儿科！”沙书笙安慰他说：“你仍然是学校创收收获第一桶金的人。”

赵主任想来想去心里还是不服，他不像沙书笙忍得住。宴席临近结束时，他发现魏山权离座出门，断定他是上洗手间，于是尾随而去。

“魏山权先生，您是凌校长的老同学，我是学校总务处副主任赵东宇，我能不能冒昧向您问个问题?”一进洗手间，赵主任便这么说。

“可以呀，赵主任您说!”

“‘休闲茶室’是我们自己摸索着搞起来的，开张才几个月，每月净赚八千余，一年也有十余万，‘名品一条街’建成，经营情况肯定会更好，魏总经理，您能不能为我们保留一个门面?”

“赵主任，你不知道，我作为你们校长的老同学，我向他提出过这个问题，但凌校长说‘完全不必，以后我们的任务是专心搞教育’。”

赵主任还能说什么呢? 他这才忽地意识到，凌校长对沙书笙带领下总务后勤所做出的成绩是多么的敌视! 想到沙书笙真要在理上，桌子还要拍得比你更重更响，所以有关这件事情，赵主任始终未敢向沙书笙直言相告。

三个月不到，学校灰不溜秋的围墙变得划一炫丽，衣着首饰、钟表眼镜、高档烟酒、化妆品、工艺品等等商店一爿接一爿。夜幕降临，“名品一条街”霓虹闪烁，真正成了一条彩色的长龙。开张的日子选在一个星期天，家家店铺门前花团锦簇，高升鞭炮此起彼伏，热闹非凡。晚上，李经理出面宴请全体教职工，杯觥交错，喜气洋洋。席间凌校长举着酒杯兴奋异常地说:“‘休闲茶室’不存在了，不过大家不用担心，明天牛奶照喝! 托李经理和我的老同学魏山权的福，明年暑假我们还将组织全体教职员工出国旅游，新马泰，今晚我说了，绝对算数!”于是，喝彩声拍手声碰杯声响成一片。

虽然大家都拍了手，但是不少人觉得凌校长的讲话如此措辞，显然对沙副校长不怀善意，很是不解，甚至反感。汪西茜老师尤其觉得愤愤不平。宴会结束，她注意到沙书笙终于去车棚取车，也便紧随而往。

“这凌校长算什么意思?”汪老师边取车边说，话语满含激愤。

“什么什么意思?”沙书笙其实是故作镇静。

“是不是他以为终于把你打败了，那种得意忘形的样子！”

“赚大钱了，口气不免大了点！”

两人出了饭店，一起跨上自行车。

“沙校长，太可惜了，你怎么没早点想到搞这一条街呢？”

“汪老师，你太天真了！赚大钱得靠关系，要有人脉，我没有那种资本。”

“那以后能不能想想办法，找找关系，也搞一个大项目呢？”

“汪老师，你总希望我成功，谢谢你，但就我，没有这种可能！”

“假如我那口子还在的话……”

“汪老师，你就别瞎想了！”

在岔路口分手的时候，汪西茜异常温柔地对沙书笙说：“希望你愉快！”哪知恰恰是这么一句问候，捅破了沙书笙心头的郁闷。

自从协议签字那天起，凌校长的话语一直让沙书笙心里憋闷。回想一年多来，作为凌校长的副手，自己努力做了一些应该做的事情，尽管群众反映强烈，他却一概冷漠视之，百般不乐意。如今“名品一条街”开张，凭着他的关系学校赚大钱了，终于翻盘赢得了大胜利。而沙书笙的心地并不那么狭窄，他觉得学校能够赚大钱总是好事，他拍手也是真心的。然而凌校长的一席话，简直让他心烦意乱，没了方向。沙书笙怎么也想不通，凌校长的胸膛里究竟是一个怎样的世界，为了什么还要在这样的喜庆之际，在众目睽睽的大庭广众这般露骨地奚落他，打压他？沙书笙开始真切地体会，以往三位副校长之所以弃职而别，也许就是这样内心积郁着诸多难于解脱的矛盾所致。

回到家推门进屋，妻子仍然坐在轮椅里等他。她妈说：“你看谁回来了？”妻子对着沙书笙叫：“叔叔。”沙书笙弯下腰问：“我是谁？”妻子还是说：“叔叔。”沙书笙再问：“我是你的谁？”妻子依旧回答：“叔叔。”沙书笙忽然猛地跪倒在轮椅跟前，抱住她号啕大哭，似乎借此妻子给予他的伤痛，和着他内心的郁闷顺势一起宣泄了出来，好一阵子抽泣不已。

岳母感觉出了异样，她走过去轻轻拍了拍他的肩膀，说："书笙，你是不是另有什么伤心事？"

"妈，"沙书笙抬起头，泪眼蒙眬地望着他的丈母娘，"我这个副校长当得太窝囊了！"

"发生了什么事？"

"这一年多来，我全心全意为学校做了许多事情，为此我还亏欠了对阿珍的照顾，我对不起她！但校长任何场合没有说过一个字，连正面看我一眼也不曾有过，冷漠至极，好像我做好工作就是为了在群众面前与他争宠，卸他的面子。这一切我看得很清楚，但是只要大家认可，我能忍着，心里也还平静。如今由于他的关系，学校的围墙建成了'名品一条街'，开始赚大钱了，他一下变得那般趾高气扬。今晚在全校教职工聚餐会上露骨地奚落我，打压我！妈，我这个副校长就别当了吧！"

"书笙，妈说不上什么大道理，但看见你工作不顺心，妈心里也难受。"停顿了一会她又说，"不过书笙，你不是说这个副校长是大家推举你上去的，你做了许多事情大家也是称赞的，你可不能轻易便退下来。"

丈母娘的话让他忽然想到了袁老师，于是说："妈，你先安排阿珍睡觉，我去找袁老师谈谈。"

敲开袁老师家的门，袁老师仿佛早有预料似的，没说话便把他请进门。不过沙书笙这次没有马上说话，很显沉闷。袁老师像上次一样先请入座，然后泡上了茶。

"沙校长，我知道你很不开心……"袁老师也为自己泡上一杯茶，坐下先开口。

"何止是很不开心，我简直没了方向，这个副校长还怎么当？"沙书笙一说就有点来气。

"现在回想起来，"袁老师说着，语速缓缓地，好像有意舒缓一下气氛，“我当初辞职南下，以及你们学校几个副校长弃职离去，其实碰到的都是与你一样的问题。”

“所以，我也想像你一样，辞职不干了，一心一意当好一名语文教师。”

“沙校长，你喝茶！”袁老师示范似地揭开杯盖喝了一口，然后继续说，“记得上次我们说起过‘彼得定律’，指的是 B 的料而在 A 的位置上，那么这个人注定是不会称职的，反过来，是 A 的料却在 B 的位置上，那么这个人的工作肯定是比较难做的。华君武不是有一幅漫画叫‘武大郎开店’嘛，凡是比他高的看着就不顺眼……”

“其实武大郎也真笨，”沙书笙说，“管它高还是矮，放手让他们干，做出成绩来还不是你老板的。”

“哈哈，沙校长，你说的这个武大郎就不是华君武笔下的那个武大郎了，他不是 B，而是属于 A 了。从管理学上讲，第一把手是不干具体活计的，他的才能是知人善任，筹划全局，组合力量，调动和发掘属下的工作潜能与积极情绪。”

“袁老师，你说得太有道理了！可是，如今我什么都不计较，只想把工作做好，结果是不仅不被认可，反而还要受到伤害，还不如不做！”

袁老师并不赞同沙书笙此刻的结论，但他没有马上说出自己的想法，而是慢慢地揭开杯盖，缓缓地喝茶。沙书笙也跟着喝茶。

“沙校长，”袁老师盖上杯盖说，“按说我没有什么资格对你说这个那个的……”

“袁老师，我们是朋友，你观察事物入木三分，分析问题鞭辟入里，我信你，你尽管说，我听着！”

“沙校长，我还是要说上回说过的那句话，你不是我，你不是 B！一年多来，总务后勤部门高效地成就了那么多好事，说明你识人，善于调动和发掘职工们的积极性和潜能，你已经把总务后勤部门的同志历练成了一个整体……”

“袁老师，你别提得那么高，我这么做是很自然的事。”

“正是如此。我说这些，想要说明的是，你有着作为一个管理者的才能与素养。不过，虽然你一向很低调，但你的内心感觉却一直是个赢家。如今凌校长赚大钱了，他用他的方式表达终于他赢了，而你，辞职不干了，你用你的方式告诉大家你输不起……”

“啊哈！袁老师，一针见血，一针见血！人难免有时会陷入迷茫，给你这么一语道破，顿感茅塞顿开，我不应该做这样的人，要不然真也对不起当初把我推上去的教职工们！”

回到家里，灯光已经熄灭，知道阿珍与她妈已经睡觉，于是他把锁簧拧紧，轻轻地把门推上，然后才放松锁簧把门关实。刷牙铺床简直毫无声响，躺下后心境也平静，很快便睡着了。

第十三章

母女亲情

此时的汪西茜半躺在床上，手里拿着一本杂志似看非看，却毫无睡意。她妈轻轻咳一声走了进来，说："睡不着？"

"睡不着。"女儿回答，照旧似看非看地拿着杂志。

"想什么呢？"母亲问，声音极其柔和。

"什么也没想。"

"什么也没想，就是什么都想。"

"这算什么逻辑？"

"这是妈的经验。想得很多才睡不着，只是还没想出个头绪……"

"妈，你又来了，"女儿坐起身来，"烦不烦？"

"西茜，不是妈噜苏，你已经三十出头了……"

"三十出头怎么啦，这辈子不再找男人了！"

"妈也是女人，妈知道，你就别嘴上说得那么倔！"

"倔什么？爸走以后，你不是也还年轻，怎么没找，不是也过来了？"

"什么叫不是也过来了，人生婚姻可不是耍性子的事，妈找过……"

"妈，你找过？"汪西茜一下子坐直身躯，提振了精神，"怎么后来没成？"

"妈又找了一个不该找的人……"

"是怎么一回事啊？妈，我可从来没听你说过。"

"'文革'期间，那年你十三岁，我去五七干校劳动锻炼，认识了一个大家都叫他张同志的人，高高的，瘦瘦的。开始他并没引起我多大注意，只觉得他文质彬彬的，并不与人多有交往。渐渐我好奇地发现，他的一个小本子和一支圆珠笔从不离身，时不时还拿出来写写记记，尤其是早晨与傍晚，写写记记时总要呆呆地看着天空，有时好像还圈圈点点地画着图画。有一次我忍不住问他，他便打开小本子给我看。每一页上都注明日期，并且详尽地记载着当日的天气变化情况，还有简练地勾勒的云图。他告诉我他是搞气象研究和天气预报的，我称赞他一定是一个优秀的气象工作者。他说不，教训多得很。有一次一场大雷雨没有报准，让社员们晾晒的谷物遭受很大损失，于是受批评，写检讨，自己也确实很难过。'文化大革命'开始，为此还挨过批斗。我说：'这可有点冤，天有不测风云，气象预报的差错是难免的呀。'他说：'我们搞这一行的，不能这么说，气象工作者有着天然的职责。所以，这次下来是个难得的机会，积累些第一手资料，回去好作进一步研究。'这位张同志对工作的责任心和敬业精神，当即使我十分敬佩和感动。"

"妈，这位张同志从此是不是就更加引起你的注意了！"女儿笑嘻嘻地说。

"是这样的。后来我还几次发现他与带领我们劳动的两个老农谈天，有时蹲在沟边，有时坐在草垛旁，他同样也记着笔记。有机会我问他记的什么呀？他说：'他们肚子里有着许许多多历代流传下来的气象谚语。'我问什么叫气象谚语，他说就是民间总结各种气象规律的顺口溜，接着他把小本子递给我，让我自己看。我一看，密密麻麻记得很多，什么'不刮东风不雨，不刮西风不晴；风静闷热，雷雨强烈；雨后生东风，未来雨更凶；雨前有风雨不久，雨后无风雨不停；泥鳅静，天气晴；青蛙叫，大雨到；云向东，有雨变成风，云向南，水涟涟，云向西，下田披蓑衣;小暑一声雷,倒转做黄梅'等等,等等。他说这些气象谚语,和着现代的科学仪器的指标,常常有着重要的参考价值。

"就这么问问说说,我们之间变得更加相互注意和关心了。每天劳动收工,总会有什么器具或者农作物肩扛手提搬回驻地。有一次收工我正背着一捆柴火,忽然有人从我背后夺了过去放到自己的肩上,快步向前走去,我一看就是这个张同志,心里真是一阵热。晚饭的时候,我悄悄省下一个馒头塞给了他。"

"妈,看不出你还真是个情场高手哩!"女儿并非嘲讽,语气确乎有些调皮。

"丫头,这就叫女人呀!"

"那么后来呢?"

"相互似乎都有好感,但彼此终究不够了解。在一次收工的路上,我故意把自己是一个单身女人的事实透露给了他。"

"他怎么反应?"

"没有说话。"

"表情呢?"

"不知所以。不过此后的相互关心好像比以前更细腻入微。但是我必须弄个明白。我问他:'你家里几个人?'他说:'你不问这个问题该多好!'我说:'为什么?我愿意知道。'他说:'告诉你吧,你是个好人,无论是性格、人品,还有形象,跟你在一起很开心,我甚至害怕自己会犯错误。好在我们的劳动锻炼即将结束,我本想带着一种美好的念想分别,现在你问了,我只能实说,我是有家室的,我对不起你!'我说:'这没有什么对不起的,念想仍然可以是美好的'。"

"妈,你真行,回答得多好,显得既有涵养,又有身价。要我,说不定会骂他的。"

"骂是没有道理的,他又未尝有过什么过分的言行。不过,我当时这么回答，心里却压抑着多么大的沮丧，甚至还有一种屈辱感。”

“妈，那以后你再找过其他的男人吗？”女儿十分关切地问。

“再也没有，因为沮丧和念想一直缠绕在心头……”

“妈，你应当重振精神，这世上优秀的男人还有呀！”

“不，从此以后，妈就决心再也不找任何其他男人了。”

“妈，这又何苦呢，那时你还有充满活力的年华。”

“从那以后，妈再也不惜什么活力年华，妈把注意力全部转向了你，谁知道再找一个会不会让你蒙受委屈，或者平添什么烦恼。你是我的希望，我的寄托，你就是我的全部！”

听到这里，汪西茜再也按捺不住，一跃扑在母亲的怀里，号啕大哭：“妈，女儿让你受委屈了……”

“傻孩子，别哭！”母亲为女儿一边拭着眼泪，一边说，“爱情常常是出于一种冲动，所以受爱情欺骗、捉弄的事例俯拾皆是，只有亲情才是骨肉相连血脉相通的无可替代的真情！”

“所以，我们两个就这么过不是很好吗？”女儿抬起头，一双泪汪汪的眼睛看着她妈，“你为什么还老催我？”

“你真是个傻孩子！妈有你，才觉得有希望，有未来。你呢？单身一个，妈百年之后，你怎么办？比妈还不如，无依无靠，孤苦伶仃……”

“妈，如今有国家，有集体，别说得那么严重！”

“飞禽走兽都有窝，老的小的挤在一起，窝就是它们的家。你将来孤老太一个，有屋也算不得家。相反，即使你住养老院，屋里有你的后辈，你心里依然有着一个家。西茜，听妈的话，认认真真地好好再找一个！”

“妈，我有时是跟你说气话，其实我何尝不想好好地再找一个。我也常留心着，思量着，也有人给介绍过，但没有让我中意的。”

“西茜，你离过婚，要求不能太高，只要人老实，可以一起过日子就行了。”

“妈，你这个说法，我可不能同意，宁愿不再嫁人，标准决不降低！”

“标准？你倒说说看，你有什么样的标准？”

“说不清，反正各方面要让我满意。”

“我的宝贝女儿啊，这样的人有吗？”妈以为这不过是个有问无答的问题。

“有！”女儿却回答得十分明确。

“有？他是谁？”

“说给你听，你可别骂我！”

“你有意中人，妈怎么会骂你？”

“不过……他也是有家室的。”女儿吞吞吐吐地说。

“什么?！妈的故事还不够给你警醒！”母亲真的动火了。“你准备做第三者，拆散人家家庭，这样的事情太不光彩，我决不允许发生在我的女儿身上！”

“妈，你先别发火，你听我对你说。”女儿的语气充满同情地继续说，“这个人的妻子去年遭了车祸，大脑严重受损，瘫痪在床，神志也不清……”

“那么人家人还在呀，你可不能做缺德的事！”

“不会，这你放心！我还真心愿意帮助他们呢。我只是决意等待，哪怕等到满头白发，等不到谁也不怪，只怪自己没这个福分。”

“别瞎说，你健健康康的。不过，你知道那个男人是不是喜欢你？”

“眼下我不便问，也不该问，但是我相信！”

第十四章

一张空白支票

还是那辆黑色奔驰，正对着校门又是咣咣两声又响又长的喇叭，门房老头赶紧去开门。一看开车的竟是自己学校的小车司机。

“你小赤佬自己学校里人不懂啊，喇叭按得这么响！”门房老头半真不假地骂那年轻司机。

小司机一压按钮放下窗玻璃，伸出头颅说：“老头，你才不懂呢，这辆大奔现在是我们凌校长的座驾！”

“真的？”老头有点不信。

“那还有假？”

“学校头的？”

“哪买得起？再说即使有钱，学校也没那个资格。”

“那么是人家送的？”

“没那个福气！”

“那么是你偷来的？”

“我有这个胆量，也没那个本事。老头，告诉你吧，名品一条街生意兴隆，老板们争着向我们校长套近乎，顶级轿车，借给你用用！”

“借的？多长时间？”

“三个月。”

“三个月？这算什么噱头！”老头一下觉得很不以为然。

“老头，这你又不懂了！”小司机向老头招招手要他靠近点，然后说，“我们凌校长喜欢，台型扎足！”

“哎，凌校长怎么不在车里？”门房老头问。

“出国了，我刚刚送他从机场回来。”

“又出国了？”

“你吃惊什么？现在有钱了，凌校长自己说坐飞机就像乘公共汽车。”

三个月之后，大奔换成了宝马。再过三个月，小司机又开进来一辆凯迪拉克……

凌校长坐着借来的名牌轿车进进出出，常常成了餐桌上的谈资。

“301现在阔了，哪个中学比得上，高档轿车一辆又一辆！”一位年轻老师说。

“借来的，虚拟的气派！”另一位年轻老师说。

“我的看法是，那一辆辆高级轿车，其实是一件件皇帝的新衣，透过铁壳，里边坐着的却是我们不曾见过的一个写真的凌校长！”又一位年轻老师的话很是尖刻。

“我说呀，人都有傻乎乎的一面，”一位中年老师的话挖苦得也不浅，“有趣的是，恰恰是因为成功、得意，那傻乎乎的一面就会情不自禁地抖搂出来了！”

这天，赵主任就在最靠近的一张桌子上用餐，听得真真切切，但是尽管颇有共鸣，然而他是不会直言参与的。不过听到这里，他却自言自语地嘀咕了一句：“这才叫小儿科哩！”

这时，汪西茜老师捧着饭碗也挤了进来，说：“你们注意到了吗？凡新款手机一上市，凌校长手里马上就会有……”

“是的是的，”有位女老师抢着插话，“我看到过他几次用手机，每次都不一样。新款手机价钱很贵的，我就不相信那都是他自己掏钱买的！”

“据我得到的可靠消息，”那位中年老师又说，“关于名品一条街的协议里有一款规定，意思是名品一条街所有门面的出租或者转让最后决定权在学校。厉害！有了这一条，校长还愁礼品不上门？”

“昨天我看见凌校长脖子上挂着一款色彩鲜艳的新手机，晃荡晃荡从办公楼走出来。”汪老师继续叙述她还未说完的话，“我说：‘凌校长，这种手机是时髦女郎挂在脖子上逛马路夺人眼球的，你怎么也挂上了，多娘娘腔！’他说：‘是吗？那我把它送给你！’他立即低头把手机拿下，张个大圈圈想要朝我的头上套来。嘻嘻，我怎么可能接受呢！”她左右瞧了瞧，压低了声音继续说，“第二天，我发现这只手机挂在了马湘英的脖子上！”

至于凌校长是不是收受了别人的礼品，是些什么样的礼品，闲聊者们仅仅推想而已，真实情况不得而知。不过凌校长馈赠他人出手阔绰那倒是确实的。

有一天午餐刚过，凌校长把校办主任叫到办公室，给他一个信封，要他立刻去教育局亲自送到欧阳书记手里，速去速回。校办主任还在回转的路上，欧阳书记就给凌校长挂来了电话。

“凌校长，你老兄这是怎么回事啊？”欧阳书记一接通电话就对凌校长这么说。

“欧阳书记，知道你因为局里资金问题，九月份一次赴美考察活动你准备放弃，这太可惜了！”

“也没什么，以后机会还会有的。”

“听说这次是部领导带队，层次比较高，这种机会特别难得，资金不成问题，我们为你解决。”

“这恐怕不大合适吧。”

"上级机关领导为了教育事业出国考察,拓展视野,有利于你们回来之后带领我们进行全面深入的改革,意义非比寻常,我们资助,理所应当。"

"这个账将来怎么算呢?"

"什么怎么算,这是我们的创收收益,学校有自主支配权,你根本不用放在心上。"

"不管怎么说,我拿着这张支票,手里总觉得沉甸甸的。"

"欧阳书记,你就不必说什么客气话了,一切手续我都已办好,你只要在空格里填上需要的数字就行。老兄,远出国门,手头尽量宽裕一点,完全不必拘泥!"

"让我考虑考虑。不过对你的诚意,在此我首先表示感谢!"

凌校长挂断电话,起身往茶杯里续了点热水,就在这时,下午第一节课的铃声响了,告诉他接下来是校长会议例会时间。他不急,慢慢地坐下,端起茶杯极其舒畅地喝了两大口,放下杯子两只手顺势滑向宽阔的桌面,十个指头弹钢琴般有节奏地敲击,好像在演奏一段十分欢快的旋律,完毕,这才轻轻击掌起身,夹着记事本从从容容地走出了校长室。

小会议室里,支部书记与三位副校长已经到场,令他们觉得异常的是,马湘英老师也在椭圆形的会议桌边坐定,这自然是凌校长特别通知的,那只挂在凌校长脖子上被汪西茜嘲弄为娘娘腔的手机,眼下正紧贴着她的胸脯。

所谓校长会议例会,似乎从未有过对国家形势或者上级机关政策文件的学习与交流,也很少对有关教育教学的倾向性问题抑或是教职工关注的什么热点,展开过畅所欲言的讨论与研究,更没有对领导层自身的工作状况有过评议或者检点,总而言之,死气沉沉,没有论争,也没有嬉笑。通常是凌校长对某事项陈述他的见解、主张,终而布置任务。每周一次的例会说得最多的是提高教学成绩,提高升学率,尤其是一本达标率。因此每次例会围着主管教学的黄安平副校长说得最多，他挨的批评也最多。今天的内容谁也不知道，离高考还有两个月，大家肚里猜想不外乎有关高三复习迎考问题。

“今天的会议主要是部署新马泰旅游事宜。”凌校长坐定后说。“时间放在高考结束后，共十天。出国旅游，办理护照签证之类很费事的，旅行社通知我们要早做准备。这件事情我托马老师和校办主任操办。所以我把马老师请来了，校办主任待会就到。有关经费问题，我们知道有些学校采取学校贴一点，个人出一点的办法，其比例却大有不同。我与马老师核算了一下，决定学校出大头，个人出小头，也就是教师每位补贴五分之四，职工每位补贴三分之二，从明天开始报名，下周一截止。”

凌校长讲完，会议短暂静默。

“有什么问题吗？”凌校长问。

又一阵静默之后，支部书记说：“凌校长，五分之四与三分之二相差也不多，是不是这个差别就不要了吧？”

“为什么？”语句冷冷的。

“当下不是倡导和谐，而且这样的机会也难得有，让大家皆大欢喜岂不更好？我想教师们是不会有意见的。”支部书记说。

“教师们有没有意见是他们的事。”凌校长的语气似乎更加严峻。“和谐、皆大欢喜，不是平均主义的产物！难道你们还没弄清楚，学校的门面和声誉是教师们撑的，不能没有差别，没有差别就没有了政策！”

从脸部表情，以及体态的细微变换，看来支部书记不再准备说话了。其他两个副校长还有马老师，料也不会发表什么不同的意见。

“凌校长，我是这样想的，”沙书笙终于按捺不住，但语气非常缓和地说，“教师与职工，在学历资历以及对学校工作的贡献，肯定是有差别的，不过这在工资奖金等方面已有体现，而这次的出国旅游，我觉得是学校创收搞得好，是一次创收效益的红利分享，我赞成支部书记的意见，以皆大欢喜为好。”

“沙校长，可以问问你吗，”凌校长说，“假如你不是分管总务后勤的副校长，而是一名普通教师，你会这样说吗?”

“会的!”沙书笙语句坚决地回答。“现在我是主管总务后勤的副校长，我就更加不能不说！因为我了解在名品一条街筹建过程的许多环节，他们是不可或缺的，就说自行车棚的搬迁与重建，整个都是他们干的，而且都很尽职，也很辛苦!”

也许是沙书笙的话语实在不无道理，又给会议带来了片刻的静默。

“据我了解，”沙书笙仿佛补缺似地继续说，“即使学校出大头，对于总务后勤特别是工人们，仍然是一笔不小的费用，他们有可能选择放弃。”

“放弃？那是他们的自由。”

“放弃不放弃自然由他们自己决定，”沙书笙欲使自己的意图完整一些，又补充道，“我的意思是，总务后勤是学校工作不可或缺的组成部分，尤其在创收方面，让他们觉得领导对他们是重视和关心的，这对队伍的情绪以及以后的工作是有利的。”

“照你的意思，我们的方案应当作调整?”

“我的意见就这些，最后由您校长定夺。”沙书笙说。

“我当校长十几年了，还没有修改决定的先例，就这么定了吧，散会!”

回部门传达时，沙书笙竭力控制自己的情绪，既不复述凌校长的解释，也不便透露自己的看法，所以不满三分钟就把话说完了。

“沙校长，这算什么意思？我们职工总是低人一等!”电工小陈一脸懊丧地说。

“也不能这么说，这是学校的特点决定的。”沙书笙力图稳住大家的情绪。

“不对!”总务处女会计说话声音尖利,“我家邻居是大明中学教导处职员,去年他们去厦门旅游,补贴一律平等!”

“沙校长,你为我们争取过吗?”采购小王问。

“不同的学校,情况也是不一样的……”沙书笙的语调仿佛中气不足。

赵主任心里清楚,这样的决定沙校长不会没有意见。他伸直手臂摇了摇,意思是不要为难沙校长了,大家一下似乎也都领悟了,于是传达就此结束。

总务后勤的电工小陈、采购小王、女会计等五六个年轻人,去年听说出国旅游,他们好奇心特强,决心钱包清仓也要去一回。现在知道补贴比教师低一档,既为钱,心里也有点不服,于是串合起来,并且硬把给解放军将军当过厨师的食堂老班长也拉了进来,请他壮壮势,为他们说几句话。

第二天中午,小王等加上老班长共六个人一起来到校长办公室。凌校长坐着没起身,只是将椅子转了点向,很感觉突然地问:“这么多人,有什么事?”

“凌校长,我们想找您……”事先约好了的,由电工小陈第一个说,他显然有点紧张。

“这不来了嘛,有什么事你们说。”凌校长脸色依然严肃。

“凌校长,我们有个请求……”还是电工小陈说。

“请求什么,你说呀!”

“凌校长,”采购小王接过话头说得倒还顺畅,“出国旅游,我们几个年轻人很想去,但是我们工资低,我们请求,凌校长您能不能也补贴我们五分之四!”

“是谁叫你们来找我的?”

“谁也没有，是我们几个商量着来找您的，我们知道找谁都没有用！”小王够乖巧，这最后一句让凌校长听来很顺耳。

“让我来说两句，”老班长插话了，带着浓重的山东口音，“我们食堂的十几个人，像我，年纪大了，还有那些个阿姨们，没有一个舍得花钱的，都不去。所以我说，凌校长，我们头上省下的钱，就让给这几个年轻人到外国走一趟，开开眼界，回来好好工作！”

“回来我们一定好好工作！”几个年轻人差不多同声回应。

“老班长，你是老革命，”凌校长语气较为缓和地对他说，“你是一片好心，不过，像我们这样的学校，办事得有原则，校长会议通过的决定，假如随便就可以改动，那学校还有什么规矩，还有什么方圆？你老说是不是？”

凌校长这么一通道理，敦厚老实的老班长哪里应答得上。

机灵的女会计看出来了，再怎么说五分之四也没希望，但是心犹不甘，于是故意用一种哀求的语调说：“那么凌校长，我们请求您，能不能稍微变通一下，我们出国旅游不去了，我们拿三分之二补贴，搞国内游，多了退，缺了我们自己补，您就同意了吧！”

“你这个会计账算得真精！”面对这位女会计，凌校长似乎露出了一丝笑意，“假如我同意了你们的这种变通，那么老师们也来要求拿了五分之四补贴搞国内游，我能说不同意吗？这不就乱了套了！”

一时无语。校长说的都是道理，年轻人理屈词穷，无以应对，只得怏怏然离去。

星期一，报名截止，总务后勤部门只有赵副主任一个人报名，凌校长一看火冒三丈。

“去把赵主任给我叫来！”他对校办主任说。

“只有你一个人报名？”赵主任刚进门凌校长就这么问他。

“是的，就我一个人。”

“那些很想去的年轻人怎么一个也不报名？是有意跟我对抗吗？”

“凌校长，我看那倒不是，舍不得钱，不过心里确实也有点不愉快。”这最后一句其实也是他自己的感觉，要不是因为那一周的深圳“出差”，他也不会报名。

“不愉快？道理不都跟他们讲了，”他眼睛直盯着赵副主任，语调异样地说，“是沙副校长鼓动的吧？”

“这可不能错怪人家，沙校长还劝过他们，说机会难得。”

“那么他自己为什么不报名？”

“凌校长，他老婆因为车祸瘫痪在床，已经一年多了，全校没几个人知道，他哪里会有心情出国旅游？”

凌校长听后，似乎一怔，但没有说话。

第十五章

他们没有休息天

郭如平是一位年轻老师，如今是高三班主任，从高一到高三才第一个轮回，不过他工作勤奋负责。记得高一接手时的第一次讲话，他还用“悬梁刺股”“凿壁借光”等典故鼓励同学们要发奋刻苦地读书。然而现在，他真要把这个意思反过来向他们宣传。

眼下，班级所有学生除了吃饭睡觉，几乎一天到晚坐在教室里，不过只做两件事：竖耳聆听老师的讲课和书写永远做不完的作业。每个人小小的课桌上，都有高高的三四叠各种名目的参考书，桌面的空间被挤占得窄窄的，做作业手臂根本舒展不开，只能两条小臂伸直进去，很不舒服地计算和书写答案。各种来路的习题试卷何其多，唯恐挂一漏万，还不厌其烦地广泛收罗，脚边的双肩包里全是，椅背上挂着的塑料袋里也是。

黑板的左上角，警示语三天两头变换，比如，今日不搏，还待何时；高三的时间价值至珍，一寸光阴何止一寸金；一分耕耘，一分收益，不耕不耘，家里待业；一分半分之差，千人百人之下；宁可舍得一身肉，也要把通知拿到手；今天不努力，明日徒伤悲，等等，哪一条都在敲击着他们的脑门，没有人敢懈怠。

这些孩子长久没有了休息天、节假日，旅游、看电影之类早就远远地在他们的脑后，甚至起码的睡眠时间还要一再地受到挤压。熄灯铃响后，总有一些人在走廊的昏暗灯光下看书，寝室的蚊帐里也会有手电一直亮到深夜。这一切，郭老师看在眼里，亦喜亦痛！

校内各科测试分数的宣读，同学们的神经已经麻木，真正强烈撞击每个学生心房的事情是，每月一次六校联考成绩的张贴公布，犹如高考发榜预演，令个个胆战心惊！特别是那些位处末段者，他们脆弱的信心一月一次遭受着毁灭性的冲击！

郭老师对为人勤奋但学习成绩不佳的学生特别同情，尤其是班长周幼芬，想到刚才发生的事情，他的内心既充满感动又十分纠结。

快吃晚饭的时候，班长周幼芬气呼呼地来到办公室找他，说："郭老师，每周才规定半个小时的体育活动，今天没几个人参加，我去教室叫了好几遍，他们就是不肯下来，郭老师，这样下去，同学们的身体会垮的！"

听着周幼芬急切的言语，又注意到她眉宇间的那种真诚，郭老师心里一酸，眼眶湿润了。因为他很清楚，周幼芬是连续三届都以最高票数当选的好班长。她待人友善，关心集体关心同学从不吝惜自己的时间与劳累。可是，她的学习成绩却由高一时的中等下滑至末段。既已至此，履行班长的职责她却从不敷衍。有些事情班主任也觉得无奈只能如此了，可周幼芬却按部就班，一如往常。

"周幼芬，下周活动时间，我配合你，一定叫大家统统下楼好好活动活动。"在这个学生面前，郭老师有一种失职的内疚感。

"谢谢你，郭老师。"说完转身要走。

"等一下，"郭老师叫住了她，同时拉过一把椅子，示意她坐下，然后语调深沉地说，"周幼芬，你是班级里的好干部，好学生……"

"不，郭老师，我不是好学生！"周幼芬拦住了郭老师的话说。

"为什么这样说？你是一个好学生！"

"不是！我功课不好，考大学没希望，我不能为学校争光，还让我爸丢脸……"说着，她掩面无声地哭了起来。

郭老师赶紧抽取纸巾塞到她手里，但没有马上劝慰她别哭，他觉得这孩子心里似乎积郁着太多的苦楚，任由她宣泄一下。

"周幼芬，你不要这样想！"过了一会，郭老师温和地说，"考大学你还在努力，怎么能说没有希望了呢？"

"联考成绩总是在后头，每次公布，我恨不得脚底下有个地洞！"

"周幼芬，决不要丧失信心！"

"郭老师，我一直在努力，却一直在倒退，倒退就是没有希望，有时，我甚至觉得做人也没有什么意思！"

郭老师忽地敏感到问题十分严重，一下子非常着急，说："周幼芬，你怎么能这样想？你决不能这样想！就算大学考不取，还有专科，像你这样的学生，什么工作都能做得好，到哪里都会受欢迎！"

"郭老师你不知道，我爸一直念叨没能上大学，是他一辈子的遗憾，从我上小学开始，他就一心一意要培养我成为一名大学生，实现他未能如愿的梦想。而且，他要我一定把数理学好，将来当一名工程师，可我偏偏数理成绩不好，所以他一直骂我没出息，丢他的脸！"

郭老师无比震惊，为班级尽职如常的好班长，原来内心正忍受着如此巨大的压力与郁闷！

"你别急，我一定择日找你爸聊聊。"

"郭老师，你不要去，我爸脾气不大好！"周幼芬觉得郭老师那么年轻，很难跟她爸谈得拢。

"这个你不用担心，我会跟你爸好好聊聊的。"

"郭老师，"周幼芬沉默了片刻说，"你一定要去的话，我希望你能和沙校长一起去。沙校长现在教我们语文，初中时他就做过我的班主任，我爸与沙老师很谈得来。"

“好的，我一定请沙校长一起去。”郭老师态度非常恳切地说。

郭老师还没来得及与沙书笙约定时间，第三天周幼芬的爸爸却找上门来了。郭老师有点措手不及，他赶紧泡上一杯茶，请他稍坐，说有件事去安排一下马上回来。

郭老师奔跑着找到了沙书笙，极其简要地告诉他有关周幼芬的情况，以及他的忧虑，希望他能一起和周幼芬她爸谈谈。沙书笙点头让他先回去，说待会他会过来装作与他不期而遇。

“郭老师，你看看，你看看！”郭老师一回到办公室，周幼芬她爸就拿出一张皱巴巴的练习本横格纸，摊到郭老师面前，十分生气地继续说，“自己的成绩已经落到班级的末尾，功课放着不复习，还在那里计划什么青年节联欢晚会！”

“周幼芬爸爸，你别发火，周幼芬真是班级里的好干部……”

“好干部？马上就要考大学了，好干部能顶分数吗？”周幼芬她爸的声音显得愈加急躁。“郭老师，我今天来就是请你把周幼芬班长的职务撤了！”

就在这时，沙书笙从门口走了进来。

“嗨，这不是周幼芬的爸爸吗，好久不见，今天怎么有事过来？”沙书笙说着，热情地走过去与他握手。

“沙老师，你现在是校长了，”握着的手还未松开，周幼芬她爸就语气急促地说，“假如郭老师不能帮我解决问题，我正想来找你呢。”

“周幼芬高三了，我还教她语文，你是为女儿的高考着急呀！”

“是呀是呀，孩子不争气……”

“这样吧，郭老师，到我办公室去吧，那里安静些，让我们与周幼芬爸爸好好商量商量。”

来到沙书笙办公室，待周幼芬爸坐定之后，郭老师把带过来的一杯茶送到他面前，说：“请喝茶！”好像是情绪有些和缓，抑或出于礼貌，他拿起杯子喝了一口。

“周幼芬爸爸，我们是老朋友了，我知道你对周幼芬抱有很高的期待……”

“什么很高的期待，没出息，我早就失望了！”

“周幼芬爸爸，你可千万不能这么说啊！按你的脾气，我估计这样的话你对自己的女儿也说过。”

“早说过，我还骂她‘丢我的脸’……”

“周幼芬爸爸，你是我的老朋友，我可要说你了，你怎么可以用这样的话语辱骂一个十七八岁的大姑娘、你的亲生女儿，这对她是多么大的伤害！你是她的亲爸，你就不想想她心里有多么难受！再说，周幼芬有什么大错，就是数理成绩不够好，想当初我也是数理成绩不大好才读的中文系。要是我的父亲那时也这样骂我，我肯定立马出走！”

沙书笙的话以及惊异的表情，让周幼芬她爸猛地一怔，瞪眼无话。

“周幼芬真是一个好学生，”郭老师说，“她纯洁，特别要强，要求自己很严格，学习成绩不佳，从来不怪罪任何人，总是责备自己没出息。”

“说周幼芬成绩不够好，指数理，文科还是可以的。”沙书笙说。

“但是数理她也没有放弃，”郭老师紧接着说，“她努力了，而且花在数理上的时间还特别多。宿舍熄灯以后，走廊里常有好几个人仍然在看书，其中总有周幼芬。”

“周幼芬爸爸，对这样要强的孩子，我们绝对不能老让她自责、自责、再自责，逼得她没有退路，弄得不好要出事的！”

“周幼芬爸爸，在家里你有没有听到她说过‘做人也没有什么意思’？”郭老师问，这些天这个问题一直忧心忡忡地盘旋在他的脑子里。

“我没有听到过，她妈听到过。”

“有几次？”

“两三次。”

“哎呀，这是多么危险的信号！我的老朋友，你还没引起注意，这可真要出事的呀！”沙书笙显得十分着急，“周幼芬爸爸，说到底，你们家可以没有大学生，可你万万不能亲手揉碎你女儿的心啊！”

这段时间里，周幼芬爸爸没有说话，两位老师的言谈，揭开了他的迷茫。他低沉而动情地说：“两位……说的是啊！”

“周幼芬爸爸，”沙书笙的声音也是那般饱含深情，“你首先要彻底解放你自己，然后一定要彻底解放你的女儿，好好安抚安抚她，鼓励鼓励她。周幼芬是我们的好学生，你的好女儿。明年大学考取与否，或者大专，或者中专，我们坚决相信，你的女儿到什么学校都是好学生，干什么工作都能做得好，到哪里都会受人欢迎。什么叫出息？这就是出息！”

“周幼芬爸爸，”郭老师紧接着说，“等你老了，你会更加知道，你的女儿一定是一个孝女！”

周幼芬她爸的眼眶里忽地滚出了眼泪，他用手掌抹了抹，连连点着头。

休息天之后的星期一一早，郭老师刚刚跨进办公室，周幼芬便尾随而至。

“郭老师，谢谢你，还有谢谢沙校长！”周幼芬说着，伴随以深深地鞠躬。

“怎么样？休息天在家里过得怎么样？”郭老师感觉得出情况很好，显得很兴奋。

“家里买了很多好菜，爸说他对不起我，说自己太自私，我们抱头痛哭……”

“等一下再说，我们去找沙校长。”

两个人来到沙校长办公室，周幼芬正要鞠躬致谢，沙书笙抢着说：“周幼芬，今天我第一个想要见到的人就是你，休息天过得好吗？”

“很好！谢谢沙校长，谢谢两位老师！”接着她说了很多，由于激动，断断续续，不很连贯，总之，她心里的阴霾散去了。

“周幼芬同学，我想问你一个问题，请你一定如实地回答我，好吗?”沙书笙忽然显得严肃又郑重地说。

“好的，沙校长，我一定如实回答您！”

“周幼芬，假如事情没有变化，一旦你大学考不取，情况将会怎么样?”

“自杀，我早就想好了，跳楼。”

沙书笙和郭老师大惊失色，他们都忧心忡忡地估计过她可能的极端行动，但是她考虑得这么清晰果敢，大大出乎预料。

“庆幸庆幸！周幼芬，以后碰到任何难处，再也不要往这上头想！”郭老师说。

“这叫无谓的牺牲，不值得！死了什么也没有了！活着能够看到今天，看到明天，看到爱，看到恨，看到学校，看到朋友和老师，看到父母，看到你自己，看到你跌倒又爬起，看到你自己的愿望变成现实……”

“我明白了！沙校长，郭老师，谢谢两位老师，我明白了……”说着，她掩面哭出了声来。

待她稍微和缓下来，沙书笙充满深情地说：“上星期知道了你的事情，我和郭老师很难过很难过，今天知道了你的情况，我们很高兴很高兴。周幼芬，永远不要做傻事，世界上最大的傻事就是自己消灭自己！”

“谢谢，两位老师，谢谢，谢谢……”周幼芬早已满面泪水，泣不成声，说着，深深鞠一躬，转身欲走。

郭老师一把拦住，沙书笙送过来纸巾，她拭去泪水，深深地又鞠一躬，随即奔出了办公室。

两位老师望着周幼芬离去，欣慰又感慨。

“郭老师，在门口我听到她父亲要求你把周幼芬的班长职务撤了，你打算怎么处理?”沙书笙问。

“按说,为了让她有多一点的时间复习功课,撤了也合乎情理,但是如果撤了,这对她是又一层打击,因为她很珍惜大家对她的信任,从来以服务大家为己任,所以我考虑不撤。”

“我支持你的想法!”沙书笙态度坚决地说,“在周幼芬的心里,分数已经将她抛弃了,再要将她的班长职务撤了,这个世界对她真是冰凉透了!”

“沙校长,我知道,我会好好关心和鼓励她的。毕业迎考时间终究宝贵,班级也不会搞什么不必要的活动,有些事情我会为她承担下来的。”

郭老师正要离开办公室时,沙书笙建议他将有关周幼芬同学的前前后后,如实向主管学生思想工作的罗校长汇报。

第十六章

分数的魔力

凌校长的写字台上，最近一次六校联考的成绩统计已经送来几天了。今天下午有校长会议，这才一张一张地翻阅，他真正留心的是总评与名次。他拉开抽屉拿出上个月的表格，自然首先比的是高三。这一比，他瞬间兴奋了起来，十个指头又在桌面上弹奏着欢快的旋律，借以欣赏自己的策略与举措。

"报告诸位，喜讯！"校长会议一开始，凌校长就显得很兴奋，"本月联考，我校高三总评提高了 1.9 分，名次上升了一位！我们的'分数是硬道理'策略，以及'六校联考'举措开始奏效了！各位，就这样，抓住分数这个硬道理不放，黄校长，今年高考挤进第一集团的前半段去，你看有希望吗？"

"有希望！"黄副校长即使心里不是这样想，嘴上回答也只能是这样。

"好啊！我看老师们抓得很紧，同学们也都很努力，下面有些什么生动的案例吗？"凌校长心里想要听到对他策略与举措的积极反响。

短时间的静场。

"总务处为高三每个教室在后墙上打造的书架，反映很好。"主管学生思想工作的罗副校长说，"每个学生都有一个方框，可以存放许多书，拥挤的课桌变得宽敞了,学生们很感谢学校对他们的关心!"

这事沙书笙自然很清楚,他根本没打算要在这个会上说及,此时有人提到了,他仍然不发声,凌校长也不接茬。

"我想听听教与学方面的情况。"凌校长说。

"我来说。"说到教与学,黄副校长自然是不能不说的。"凌校长提出分数是硬道理和六校联考,老师们都非常重视,同学们的学习积极性也被调动起来了,学习成绩也有了提高,这是肯定无疑的。但是,有些情况我觉得把握不准,甚至有点疑虑。我想在这里反映一下……"黄副校长说得有点吞吞吐吐。

"什么情况,你说吧。"凌校长说。

"第一,每次选派参加六校联考评卷老师,有关组室总是意见纷纷,甚至吵起架来。原因据说是评卷者就有机会抬高自己任教班级的分数,而压低兄弟班级的成绩。"

"咦,试卷不是只有编号,不具姓名的吗?"凌校长不解地问。

"自己教的学生,老师们总是有办法辨认得出来。"黄副校长说,"问题的严重性还在于被抬高的只有一个或者两个班级,而被压低的却可能是四个或者五个班级,这样一来,总成绩必然被压低,学校的总评与名次有可能因此而下降!"

"那怎么可以? 简直是吃里爬外! 老师们竟能这样无视学校的声誉?"凌校长即刻光起火来。

"凌校长,这不难理解,"黄副校长继续说,"学校的声誉是学校的事情,学校内部教师之间的排序,却关系到每个人的直接利益!"

"那不行!"凌校长当然清楚学校的声誉也与他自己直接相关,"从下个月开始批改人员交换,高二批改高三,高一批改高二,高三批改高一。"

"那倒是个办法。"黄副校长说。

"还有什么情况,你说!"

"第二,校内考试或者测验,虽然实行了年级集体批改,但是抬高自己压低别人的情况更甚,而且,命题者泄漏试题的情况很普遍……"

"一样处理,批改交换,命题也交换,让彼此互不知晓!"凌校长的语调充斥着愤懑的情绪。

支部书记越听越觉得哪里有点不对路,终于忍不住说,不过语气非常和缓,用的也是疑问句:"这样下去教师之间会不会弄得相互猜忌,互不信任,终而影响整个队伍的团结和谐?分数强调得过分,是不是会产生副作用?"

"什么叫'强调得过分'?什么叫'副作用'?"凌校长反弹似的回应,而且声调一下激越了起来。"什么事情没有副作用?世界上哪一种药物没有副作用?你生了病,难道因为副作用而拒绝吃药?生了病,你必须得吃药,因为你首先需要的是正作用!搞教学不讲分数,就没有了标准,没有了高低,那么做老师的敬业与懈怠,当学生的勤奋与懒惰就没有了区别,办学还能有什么成果可言?"

支部书记听得涨红着脸,他只觉得凌校长说得头头是道,句句是理,论辩总是他赢,所以从表情看他的发言到此为止了。沙书筌却觉得不公,他认为支部书记说的是"分数不能强调过分",而凌校长反驳说的是"不能没有分数",两者不是同一个概念,论题已经被偷换,也许凌校长自己未必意识到。所以,沙书筌是不会据此而发表见解的,因为凌校长如此固执己见,说了必将陷进诡辩论的圈子里缠绕不清,不会有结果的,何必再添疙瘩。

"我看你们对分数的作用及意义,远没有足够的理解与认识!"凌校长继续说,"分数充满魔力,而且魔力无比!强调了分数,同学们全都紧张起来了,足球篮球谁还玩得疯,几乎没有人再看闲书。至于老师,大家还记得吗?20世纪80年代初,我们总担心老师教学不到位,没课不来校，为此，有的学校门房间还设置了刷卡机，我们也考虑过仿效。然而如今强调了分数，无论月考、中考、大考、联考、升学考，只要统计表格摊开，什么话也不必说，谁前谁后，一目了然，哪个敢懈怠？因此现在没有迟到，只有晚走，办公室里没有缺额，没有闲聊，个个都在埋头工作。所以，说到底，分数是教育管理的牛鼻子，牵住了这个牛鼻子，教与学就都动起来了，成果不就开始显现了吗？”

凌校长对分数的这一通诠释，显然颇为自得，而沙书笙听了确乎一时不知所以，但又仿佛幡然有所悟。

“黄校长，你还有第三吗？”凌校长看着黄副校长说。

“没有了。”黄校长回答。

“我有一个问题，”罗副校长说，“六校联考确实使同学们读书更加地努力，成绩也有提高，但是每月公布一次分数，对那些位居末段的同学，却承受着巨大的压力……”

“无需紧张！”凌校长拦断罗副校长的话说，“这种情况原本是六校联考公布成绩所预期的效应，让同学们在比较中激发不甘落后、奋起直追的精神，变压力为动力！”

“凌校长，事实并不这么简单。”罗副校长接着说，“大家都在努力，同学之间的前后位置一般不会有大的变化，所以那些末段的同学心理上经受的打击是一次接一次，他们的一般表现是觉得没面子，没希望，甚至说话也少了，笑声隐去了，走路也低着头。最典型的例子是郭如平老师班级的班长周幼芬同学。她竟然想到了死！”

“有那么严重吗？”凌校长并不信以为真。

“确实如此。要不是郭老师及时发觉，并且和沙校长一起做了周到细致的工作，死人的事情真的会发生！”接着，罗副校长把他知道的有关周幼芬同学的前前后后，简要地叙述了一遍。

“决不能死人！”凌校长一下子严峻起来，“罗校长，会后立即召开高三全体班主任紧急会议，一定要把这个问题说说透！一旦死了人，谁也承担不起这样的责任，我们这些人的日子都将不好过！”

所有与会人员谁都不曾想到过，分数居然可能置学生于死地，会议气氛一下变得有点紧张。

“凌校长，那么这个月的六校联考成绩要不要公布?”黄副校长问。

“工作各有头绪，发条只能拧紧，不能放松！一年一度的高考升学率统计，一本二本专科何等详尽，我们若再要倒退，怎么向上级交代！”

沙书笙顿时有一种豁然的醒悟，因为他第一次听到凌校长出自内心的一句真话，原来，我们的上级管理和评估办学成效的秘诀，也不过是牵住了分数这个牛鼻子！所以啊，凌校长自己也被分数这个牛鼻子牵着呢！

第十七章
汪西茜介绍的保姆

校长会议还未散会，罗校长的思想已经开了小差。紧急班主任会议怎么开？凌校长说要把问题说说透，怎么才能说得透呀？请凌校长他不敢，因为从来没见过他面对学生讲过什么话，他一时有点无措。于是他马上想到周幼芬同学案例肯定是个典型，所以当下他就决定一定要请沙校长参加，相信他一定能够把问题说得透。

会议一结束，罗副校长轻声将沙校长留下，说："沙校长，待会儿高三班主任会议请你跟大家说说关于周幼芬同学的事情，尤其是你们做她思想工作的情况。"沙书笙说："有关情况郭老师都清楚，而且问题是他首先发现的，我就不必参加了。"罗副校长说："这个问题关系重大，我相信你能够把问题说得透，沙校长，希望你一定参加！"沙书笙说："罗校长，我有点急事，真是对不起！"罗校长说："我们马上就通知开会，给你十分钟，讲完就让你走，我希望你能够支持我！"沙书笙敏感去到罗副校长的职责领域讲话，会被猜疑有意越权，觉得不宜出席。但是罗副校长这般的真诚与坦荡，倒显得自己的心理过于拘谨与狭隘，沙书笙于是说："好吧好吧，跟在郭老师后面，我也说几句。"

高三班主任会议一开始，罗校长最简要地说明紧急会议的意图后，说："沙校长下面有事，我们先请他讲话。"沙书笙执意让郭老师先说。

于是郭老师将有关周幼芬同学的情况前前后后，较为详尽地叙述了一遍，其间他特别推崇沙校长在化解危机所起的关键性作用。

“郭老师太谦虚了，问题首先是他发现的，这是潜心关爱学生的一种职责的敏感，值得我们学习!”沙书笙紧接着说，“为了高考，分数对每一个学生都构成巨大的压力，成绩好的学生心境稍微好一点，但是奋斗的目标很单一，只是争取分数再好一点，而成绩中下者，尤其是那些处于末段的同学，一次又一次的分数公布，无疑对他们的心理、信心，乃至自尊是一次又一次的沉重打击！情况严重的就如周幼芬同学那样，竟然想到了死！老师们，我常常想，教育的真谛，首先是教育学生学会做人，人才人才，人在前，才在后嘛！社会生活对于才的需要是多方面的，多层次的，极其广泛，而学生们的兴趣与潜质原本也是极其多彩，这种兴趣与潜质理应得到培养和发展。但是如今只强调分数，逼得学生们目标狭窄，兴趣受到抑制，甚至性情也被迫扭曲，因此，学生们的真正才气与潜质不仅得不到滋长和舒展，反而遭受束缚与压抑，我怀疑我们的教育正在做着与培养真正的人才背道而驰的事情……”

“沙校长，你说的我们完全赞同，可是我们有什么办法呢?”几个老师同时说着差不多意思的话。

“是的是的，大家也都常常有类似的议论，不扯远了。”于是沙书笙转换了话题，“我们当前的工作只能是面对现实。郭老师特别关注那些为人勤奋但学习成绩不佳的同学，这体现了我们对每一个学生负责的精神，既符合心理学原理，又是当前学生思想工作一种切实的需要。对于成绩好的进步快的同学当然要表扬，但需要注意的是，对那些眼下成绩不佳的学生，老师们决不能为了百分比而在不知不觉之中对他们有任何歧视和冷落！总而言之，我们要让这些学生懂得，今天的分数并不是未来成才的唯一标志，这样的例子多得很，建议大家选一些典型的多给他们讲讲，这样既能鼓舞他们的信心和斗志，也会让他们感受到老师们对他们同样充满着期待和热诚！总而言之，像郭老师那样要特别关注他们，要了解他们内心的烦躁与郁闷，要让他们鼓起勇气，要把他们从狭隘的思维框框里解脱出来，抬起头来做人！像郭老师那样，发觉表现异常的同学，找他们谈谈心，在压力重重而又敏感的高考前夕，老师们真诚细致的关怀和鼓励，他们特别受用，心头自会有暖意涌动，紧缩的心绪甚至可能豁然开朗。郭老师刚刚介绍了周幼芬同学的近况，就是活生生的例证。"说到这里，沙书筌抬腕看了看表，"我就说这些，仅供参考，谢谢大家！我真的有点事，对不起，先走一步了。"沙书筌起身离座，大家拍手表示感谢。

时间过了何止十分钟，他心里确实有件急事。

原来，今天一早他接到电报，说老丈人心脏病发作住院了，这是无可商量的事，丈母娘必须得马上回去。最紧急的事情是找一个保姆，不说满意不满意，这一时半会儿去哪里找啊？整个上午忙这忙那根本无暇顾及，下午的校长会议又不能不参加。罗校长的约请又不好拒绝。眼下时钟已经接近四点。他急匆匆走出校门，想着去居委会求助，不知能不能在他们下班前赶到。忽然他想到了汪老师，于是便折回学校。

汪老师正好上完最后一节课，没等学生走完，沙书筌便走进教室去，语速急促地述说了事由，问她能不能帮助请一个保姆。"巧了！"汪老师仿佛未卜先知地早已准备好了答案，"我家的邻居王教授即将出国学术交流，他家的保姆正急着寻找下家，你别急，我这就马上去找她，人很灵巧，晚上我就陪她过来，去办公室你把地址留下。"来到办公室，汪老师拿出一张白纸，沙书筌站着一边书写一边连声道谢，完了转身欲走时，忽地又问："今天晚上能过来吗？"汪老师不知怎么愣了一会，说："能，一定能过来！"沙书筌说："那我现在就去买车票，夜班的火车就让她妈动身。"汪老师说："好，你这就去买车票吧！"

其实，汪老师说的话全是假的，只是因为急切地希望帮助沙书筌解决困难，所以也就顾不得可能的曲折，便当机立断先把结果敲定。那么汪老师心里物色的保姆是谁呢？她的母亲！

沙书笙一走，汪老师也即刻锁门回家，脚上自行车踩得飞快，心里却迟疑着拿不准这第一句话怎么向母亲开口。

“今天怎么这么早下班了？”汪老师推门进屋，她妈问。

“今天学校里没事，我就早点回来了。”好像是因为气氛不合，心里的意思难于启齿，便转身进了厨房，拿起锅子准备淘米。“妈，今天晚饭我来烧。”

“烧晚饭还早呢，怎么回事？”她妈走过来摸了摸她的额头。“好像有点不正常，学校里午饭没吃饱？”

汪西茜不说话，一下抓住她妈的两只手，拉她坐到沙发上，然后说：“妈，你听我说，我有一桩重要的事情和你商量！”

“什么重要事情，神秘兮兮的，你说！”

“有一个大好人遇到了困难，他求我，我于是求你！”

“求我？什么事，你说呀！”

“这个人家里保姆的老公生病住院了，保姆今天晚上就要回家，可是他妻子卧病在床，新的保姆现在还没找到，他急得真是热锅上的蚂蚁，你能不能去帮帮他……”

“哦，你是说，他家的保姆走了，让我去顶替当他家的保姆？”

“不是……”

“怎么不是？西茜，你卸得了这个面子，我可丢不起这个脸！”

“妈，他是我们学校的副校长……”

“副校长与我什么相干，我又不缺吃穿，我只伺候你，当保姆找别人去！”

“妈，不是当保姆，是给人家帮助！一个大男人遇到了难处，他求我，是相信我……”

"相信你,那可以帮他找啊!"

"妈,我就是要找你!"

"这是为什么?"

"因为他就是我最喜欢的那个人!"

"什么? 他是谁?"

"他就是我最喜欢的那个大好人,他有困难,我比他还着急!"

"妻子因车祸瘫痪在床,他就是你们的副校长?"

"是的,就是他! 妈,眼下的保姆晚上就要走了,急的是如今保姆不仅不大好找,更不说合适不合适了。"

"你认为妈合适?"

"是的是的。求你先去帮帮他,就算是为了我! 找到合适的,马上把你替换回来!"

汪西茜妈默想了一会儿,觉得上门去照顾一个伤残人,表面上这是非常说得过去的助人于危难之际,暗地里却可以为女儿的大事近距离考察考察,不过嘴上还佯装迟疑地问:"这样到底合适吗?"

"有什么不合适? 在他面前我们俩并不认识,你只是我为他介绍的一个保姆。"

"一个保姆? 一个被女儿介绍出山的保姆……"

"妈,你就别说了……"

"不说了,不说了! ……那什么时候过去?"

"今天晚上,吃过晚饭就过去。"

"那你赶快烧晚饭,我得做点准备啰。"

"妈,委屈你了,谢谢你!"汪西茜靠近过去在她妈脸上亲了亲,"你算是帮他解决了大难题,也是为了我!"

"那是当然了! 而且妈知道,我还必须当一名好保姆!"

"妈,再次谢谢你!"汪西茜进而拥抱她妈。

“好了好了，那你自己照顾好自己！”

“没问题，这你放心！”

她妈不再说话，转身就去准备必需的日常用品了。

母女俩吃过晚饭，汪西茜把母亲的包裹绑在车后，手里拿着地址，两个人徒步向着沙校长的家走去。二十多分钟路程，也不难寻找。一进门，沙书笙便说：“汪老师，谢谢你，真是帮我解决大难题了！”接着转向她母亲，“阿姨，辛苦你了！”他母亲说：“没啥。”她扫视一圈，外间既有显然是临时搭建的铺位，也有吃饭的餐桌，大体整齐清洁，但终究有人刚出远门，稍有杂乱，她随手就干了起来。汪西茜对沙书笙说：“看看嫂子。”沙书笙带她走进里间，一眼看见也有一张临时搭建的小铺位，那肯定属于她妈今晚开始睡觉的地方。他妻子躺在大床上，汪西茜叫“嫂子”，她眼珠呆滞无光，毫无反应，不知怎么汪西茜忍不住泪珠即刻滚落了下来。

第十八章

总统套房里的秘闻

高考结束，暑假正式开始，新马泰旅游即将成行。

“你真的不去?”汪西茜问沙书笙。

“不去。一则没有心情，再则，乘这个机会可以多多陪陪老婆，天气好的话，我还要推她出门看看街市，逛逛公园……”

“你不去，我也不想去了。”

“你可别傻，出国的机会终究难得，学校五分之四的补贴你不要放弃!”

“如果你能一起去，该多好!”汪西茜说着，两眼含情脉脉地凝望着沙书笙。

“我也是这样想的。”沙书笙说着，一双眼睛也是满含深情地注视着汪西茜。

两双眼睛就这么不同往常地瞬间相对，双方都感觉到了某种灵犀感应的交互与震动，尤其是汪西茜，尽管即将短暂惜别，但是一种期待已久的意愿和愉悦填满心头。

出游那天，汪西茜肩上背着大包，手里提着小包来到候机厅时，发现学校大部分同事早已到达，三五成群兴奋地闲聊。马湘英看见了她，很是热情地迎了过去。总务处的女会计，电工小王，采购小陈等几个年轻人终究抵不住第一次坐飞机和第一次出国的诱惑，他们最后也都报了名。不一会，开始排队调换登机牌。队伍里忽然有人问“怎么没见凌校长”，另一个人答“凌校长总有办法，这会正在贵宾室里喝咖啡呢”。

到了曼谷一下飞机，大巴就把大家接到一家相当豪华的酒店。在大厅里等待导游与酒店联系住宿的间歇，凌校长坐在偏角的沙发里看见了女会计电工他们几个，招招手让他们过去，说：“怎么样，到底还是来了?”电工说：“第一次坐飞机第一次出国难得呀，只好咬咬牙了!”女会计正要说话，凌校长伸手挡住，说：“我给你们五分之四补贴，但是必须记住，不能告诉任何一个人，做得到吗?”四个人异口同声地说：“保证做到!”凌校长挥挥手：“去吧。”

就在这时，导游摇摇小旗子大声喊：“两个人一间房，自由结合，到我这儿登记领钥匙。”马湘英对汪西茜说“我们两个一起吧”，汪西茜虽然不怎么喜欢马湘英，但是由于曾经在她麾下当过一阵子文体委员，接触算是比较多些，于是说“好的”。

根据导游安排，晚餐后上车去华盛顿广场欣赏人妖秀，之后进剧场观看演出。

既到华盛顿广场，满眼是盛装浓艳的美女，目不暇接。马湘英告诉汪老师他们都是男性，所以叫人妖。汪老师不相信。马老师说：“这是泰国旅游业的一张名片，历史悠久，没有人妖，就没有泰国旅游业的兴旺。”许多男人随意挑拣漂亮的人妖与之合影，有起码价位，多给自然受欢迎。汪西茜说：“真是想不通!”接着剧场里观看演出，更让汪西茜大吃一惊，这些被窝里的私事，怎么居然拿到灯光通亮的舞台上表演!

在回程的大巴上，满车里七嘴八舌地纷纷议论。有说“算是开了眼界了”，有位老先生说“早知道看这种东西，还不如在宾馆里睡觉呢”。突然有人问：“请凌校长说说观感!”“有什么大惊小怪的!”凌校长说，“出国旅游，就是要经历经历未曾经历过的河谷山川，观赏观赏没有见识过的异国风情，品尝品尝未曾体验过的他乡美味。所以啊，没有乘过飞机要乘乘，别处看不到的人妖什么的都可以看看，不要以为榴莲闻起来味道有点臭，你们尝尝看，还真是泰国一绝呢！”凌校长很难得地以这样的一席话语说得大家哈哈地笑。

回到酒店已经很晚了，汪西茜洗洗涮涮就躺下了，可一直没见马湘英回来，迷迷糊糊不知过了多少时间，才听见她开锁推门。汪西茜问：“去哪里了？”马湘英说：“和凌校长聊天，他住的据说是总统套房，华丽高贵，明天我带你也去看看。”“有什么看头。”汪西茜说着，翻一个身迷迷糊糊又将睡去时，不知怎么一个激灵便异常地清醒。一看手表已经一点半了，斜眼窥见她正在脱衣，四十好几了，微胖，却依然姿色丰韵，料她刚才肯定在跟凌校长鬼混。可一想与自己有什么干系，再翻一个身，便又睡过去了。

第二天普吉岛游览回酒店较早，晚餐后马湘英对汪西茜说：“走，我带你去参观参观凌校长的总统套房，也算长长见识！”汪西茜并不很有兴趣地随着马湘英蹬了两层楼梯，来到了凌校长的套房。汪西茜确实见所未见。橱柜座椅曲线优美和谐，更兼与各种精致的花鸟浮雕。金色靠背的真皮沙发，光亮可鉴。华贵无比的各种工艺品琳琅满目，十分恰当地布置在房间的各个部位。

凌校长异常热情地又把两位请进了里间，一进门最显眼的是一张华丽至极的特大卧床。凌校长让两位在一对精致的小沙发上就座，转身便去亲自操作现磨咖啡。不一会，两杯热气腾腾的咖啡送到了两位女士之间的茶几上。汪老师不仅闻到了特别浓郁的香味，那深蓝底色和缠绕着金色枝叶的杯子与托盘，也吸引着她的注意。“请用！”凌校长好客地招呼。马湘英左手端起托盘，右手抓住杯耳，同时招呼汪西茜，汪西茜也跟着照做，两人各自喝了一口。刚刚放下杯子，马相英的手机响了，她接听：“啊，哦，我这就过来。”马湘英起身：“对不起，去一下，马上回来。”不知有意无意，马湘英出门时竟将房门拉上了。

房间里只剩两个人，一时似乎有些尴尬。凌校长坐在咖啡机附近的一张高背靠椅上。汪西茜决不准备先开口，不过与凌校长单独对话已经不是一两次，倒也并不觉得紧张或者不自在。

“汪老师，能够在异国他乡的这个套房里跟你单独说说话，别有情趣。”凌校长笑嘻嘻地先开口。

“条件设施真是华贵，算是开了眼界了。”汪西茜不过是顺势附和一句。

“所以呀，在这里我要特别向你披露一条重要消息。”

“什么消息？”

“我也要离婚了！”

“也有人造你的谣言了吗？”汪西茜真灵巧，顺口话里还带点刺。

凌校长也聪明，只当没听见，“感情不和，感情不和，没办法……”

“你感情不和要离婚，有什么必要还要特别向我披露？”汪西茜有所警觉地说。

凌校长迅速站起身，坐到了原先马湘英的位置上，难以想象的竟然嬉皮笑脸地对汪西茜说：“那就是说，我也是自由人了！”

“什么叫也是自由人，你大校长，从来就是自由的。”汪西茜说着，身子向沙发的外侧移了移。

“‘也是’，就是我们，我和你都是自由人了！”

“凌校长，你今天说话多奇怪！”

“汪老师，你应该感觉到的，我一直非常关注你……”

“马老师怎么还不来？”汪西茜一阵慌乱，站起欲走。

凌校长一把抓住她的小臂，汪西茜挣扎抽离未成，说：“凌校长，请你放尊重点！”然而他的大手却抓得更紧了：“再坐会嘛！”汪西茜灵机一动，右手一甩扫翻两杯咖啡，乘着凌校长转脸的一瞬间，汪西茜右手对准他的手腕一推，狠命一抽，终于挣脱，但是薄薄的丝绸衬衫的袖口被撕破了，她根本顾不得，转身就去开门，但是情急之下门怎么也开不开，她两个拳头拼命敲击，同时大声呼喊："开门！开门！"

凌校长还是坐在沙发里，依然嬉皮笑脸地说："汪老师，多么难得，你就不能在这里多待一会吗？"

"凌校长，你这是开的什么玩笑，我相信你作为校长，决不会缺乏最起码的道德……"

"汪老师，我知道我有错……"

"什么错？"

"就是太喜欢你……"

"凌校长，你就毫不顾及后果？"

"我只知道喜欢你……而且，我特别忍受不了……你却被别人喜欢……"

凌汉彬突然站起身，向着汪西茜走近来，汪西茜迅速闪到墙角处，站在一只与她身高差不多的大花瓶旁边，指着凌汉彬大声斥骂："不许过来！你再走动一步，我就把这只花瓶推倒，敲碎，让全酒店的人都听见！"凌汉彬突然慌了神，急速摇动着双手说："不能，不能！好好说，好好说！"汪西茜防他冲过来，再次警告："听着，不许走动一步！"汪西茜双手附着在花瓶上，继续大声呼喊："开门，开门！"汪西茜终于听见转动门把的声音，门开了，进来的是马湘英老师。汪西茜乘机一侧身，捂着衣服的破袖口，从马老师背后逃了出去。

凌汉彬呆傻地站着，瞪着两眼不说话。

"你不是说不会有什么问题的吗？"马老师轻声说。

"妈的，又不是什么黄花闺女……"

"这种话，能有什么用？"马湘英弯腰收拾着跌碎的咖啡杯盘，"快想想……该怎么收场呀？"

“什么怎么收场？我又没对她做什么？”

“还没做什么？你把人家的衣服都撕破了！”

马湘英的话，一下让凌汉彬从失望又悔恨中警醒过来，拿出一沓钞票说：“你赶紧到楼下商店买一件最好的丝绸衬衫，赔偿予她，一定把那件撕破的衬衫换回来！”

“凌校长，新衬衫她会不会接受，撕破的衬衫能不能换回来，我看都是问题。”

“那就看你了。”凌汉彬说，“你可以先代我向她赔罪，请求她原谅，哪怕是向她双膝下跪！”

马老师买好衬衫回到房间，汪西茜眼睛红红的呆呆地躺在床上，显然刚刚大哭过一场。

“你是帮凶！”汪西茜厉声斥责。

“汪老师，我有错，我对不起你，你怎么骂我都可以！”

“骂就够了吗？这事没完！”

“汪老师，你不知道，我也是没办法呀！”

“听不懂，什么叫没办法？”

“我老娘生病多年，用了他不少钱……”

“你欠了他，你把自己给他就是了，干吗要害我？”

“这可怪不得我，是你长得太漂亮，他爱你爱得发疯。”

“难道他真的疯了吗？”今天凌校长嬉皮笑脸失态的样子，真让她有点疑心。

“疯是不会的，但是你不知道，他非常非常抱恨你不喜欢他，尤其让他忍受不了的是，你却被别人喜欢……”

“被谁？”

“沙校长呗。为了这一点，他早就嫉恨在心！后来他得知沙校长妻子车祸瘫痪，你离婚之后却又在悄悄地等他……”

"他怎么知道?"汪西茜这么问着,其实在她自己心里,这仍然不是一个百分之百有底的问题。

"谁看不出来?"马湘英忽然露出一丝笑意地继续说,"不过说实话,从各方面看,沙书笙这个人真的不错。"

"那么他找我,是泄愤,是报复?"

"我看是。"

"那我该怎么回击他?"汪西茜第一次真正为了寻求答案而向马湘英发问。

"你当然有理由把问题揭开,让他校长当不成!"马老师停了片刻才又接着说,"不过,我想劝你一句,听不听你自己定,我觉得不宜把事情闹大,何况他也没有占到你的便宜……"马老师话音越来越轻,似乎继续往下说有所顾忌。

"马老师你说下去,我听着。"汪西茜刷地坐起身来,她第一次感觉到马老师的话里似有一份真诚。

"假如事情一旦揭开,全校上下立刻成了一锅粥,有拍手的,有咒骂的,有幸灾乐祸等着看白戏的,而且,添油加醋的故事定将越编越离奇,所以事实上你也一样脱不了身,何况你离婚不久,谁会耐心倾听你正气凛然又机智淋漓的抗击!"

"马老师,你说得有道理……"

"汪老师,请你不要以为我为的是自己脱身,我有句最真心的话,还没向你说呢。"

"你说,马老师,你说!"

"汪老师,据我的观察和了解,沙校长是你最值得等待的人,可你有没有想过,真要如此这般,事实上沙校长也就被卷了进去,他的处境会是非常非常的尴尬,而且我早就看出来,他是一个既追求完美又书生气十足的人,翻来倒去的浑水一潭,他将无所适从,我担心他的情感可能生变！凌汉彬当不当校长与你有多大关系？汪老师，你虽然漂亮，但离过婚，三十也出头了，能找到一个合适的人不容易……”

马老师的关切至深，使汪西茜忽地眼眶湿润。她从自己的床沿，一下子坐到马老师身边，握着她的手说：“我也想到过这一点，但是没有能够理得清，马老师，那么我究竟该怎么办呢？”

“汪老师，我的意思是，你就委屈一下吞下这个苦果……”

“那以后他再要来骚扰呢？”

“不可能！他现在最怕的是校长当不成。他说只要你同意，他可以立刻过来向你下跪赔罪……”

“他赔罪？恶心！”

“他叫我下楼买了最好的丝绸衬衫，”马老师顺手拿起新衬衫晃了晃，“赔你，还说要换回你被撕破的旧衬衫。”

“谁要他的什么最好的衬衫！想要我被他撕破的旧衬衫，休想！”

“对了！新衬衫退回去！破衬衫你要捏住不放，有了这个铁证，他还敢轻举妄动！”

“马老师，谢谢你今天对我说的一切，我会好好考虑的，谢谢，谢谢你！”

第十九章

海鲜箱里的红包

接下来的新加坡马来西亚之行，汪西茜勉强走马但根本无心看花，就这么混混沌沌结束了旅游。

回到家里，已近傍晚，她顾不得安顿整理，将背包就地一撂，搬起自行车就出门。她这是去沙校长家，大约有两个星期了，她应当去看看母亲的工作和情绪怎么样，听听沙校长对她介绍的保姆满意不满意，这是一件非常顺当的事，所以心理上既急迫又坦然。

轻轻敲了两下，开门的是母亲，两个人几乎同时发出声音，女儿轻声叫“妈”，母亲却大声说“回来啦”。汪西茜摇摇手，意思是轻一点。母亲说：“沙校长推着妻子去逛小花园了，还没回来，你快进来！”

“妈，情况怎么样，还好吗？”一进门，女儿问。

“好，这个男人好！”大约沙书筌给她的印象确实不错，她回答女儿的问话一下就跳到“这个男人”上，继续说，“推着妻子逛小花园好几次了。他怕我气力小，不许我动手，自己先把轮椅搬下楼，再上来抱妻子下去，回来时先把妻子抱上来，再下去搬轮椅，你真不知道他做事有多细心，多耐心……”

“妈，这个男人真的很好？”汪西茜听了心里说不出有多高兴，于是下意识地又追问一句。

“良心好！脾气好！他妻子瘫痪在床，神志又不清，你真想象不到，他像母亲哄孩子似的哄她，尽管她听不懂甚至烦躁，他还是那么温柔地安抚她，絮絮叨叨对她说着爱抚与鼓励的话语。他妻子有时也对他说话，不过总是前言不搭后语，思维混乱，但他还是侧耳倾听，抓准某些语句与她对话，我多次发现，他居然能在问问答答之间，把破碎的词句编成了‘故事’，还哼哼她喜欢的歌曲，让他妻子听得定下神来，甚至还连连点头，露出笑容……”

汪西茜觉得眼泪就要滴出来了，于是赶紧转换了话题：“妈，沙校长对你好吗？”

“好！这个男人勤劳，有涵养，有人品！”她母亲愈加夸奖备至，“他根本没有把我当作一个保姆，非常尊重我，很平等，吃饭时怕我客气，老往我碗里夹菜，洗洗涮涮的事总是抢着干，看见我为他妻子弄屎弄尿，他总是显得十分过意不去地连声道谢……”

“妈，听了你的话我很开心，辛苦你了，妈，谢谢你！沙校长可能快回来了，我该走了，就当我们不曾见过面。我有许多话以后找机会跟你说。”

离开沙校长家，汪西茜的自行车故意穿过小花园骑，远远地看见沙校长推着轮椅正往这边过来，汪西茜赶快迎上去，下了车。

“汪老师，你回来了，玩得开心吗？”沙书笙先开口。

“还行吧。”她弯下腰对着沙书笙的妻子：“嫂子，你好！”

沙书笙的妻子虽然抬眼看了看她，但眼光呆滞，也没有应声。面对这样一个秀气而不幸的女子，汪西茜的心头涌动着无限的惋惜与同情，她忽地对自己那种暗暗地等待的心理顿生一种罪恶感。

“我们出来好久了，她怕是有点累了。”沙书笙见妻子对汪西茜的问候毫无反应，且又垂下头去时说。

“是的，看她确是有点累了，你们快回去吧！”汪西茜说。她本来想问问她介绍的保姆情况如何也决定免了，沙书笙却说："汪老师，真是太感谢你了，你介绍的保姆真是好！照顾病人，烧饭弄菜，清洁卫生，样样弄得妥妥帖帖，我连手都插不上！汪老师，真是太感谢你了！"

"有什么要谢的！沙校长，快回去让嫂子休息吧！"

汪西茜骑车在回家的路上，一种难以言表的愉悦和满足充斥胸怀，到了自家弄堂口，差点忘了拐弯。

从第二天开始，汪西茜一直想寻觅机会，把在泰国的事情告诉母亲，听听她的意见。但是因为暑假里沙校长在家的时间多，一旦上门沙校长也在，与母亲就没有可以深谈的机会，而且大家都老说些客套话，还怕不经意间露了馅儿。其实，在泰国旅游的后半段日程，她脑子里翻来覆去一直想着这件事，总觉得马湘英老师的话确有道理，往后凌汉彬不仅不敢再对她怎么样，甚至对沙校长也不得不客气点。这么想来想去，与其使得母亲生气烦恼，倒不如就让她蒙在鼓里吧。

然而，凌校长的动向却并不如汪西茜想象的那样。还在旅游期间，当然他会从马老师那儿得到好像对他有利的信息，偷偷观察汪西茜的脸色，似乎也看不出她当初恼怒的痕迹，或许事情也就这么过去了，他甚至异想天开地以为希望尚未泯灭，不过，他认定真正的障碍在于沙书笙。

大约旅游期间老师们的闲聊之中让凌校长知道了沙书笙曾经在高三班主任会议上讲话的事。他吃惊又生气，这个沙书笙有意炫耀，简直是肆无忌惮地越权。回校第二天，他一个电话便把罗副校长叫到学校。

"沙副校长怎么会跑到你的班主任会上去做报告?"凌校长对着罗副校长厉声责问。

"不是做报告，只是谈谈做周幼芬同学工作的有关情况，他还不肯，是我硬请的。"罗副校长很平静地回答，他并不觉得犯了什么错误。

"他讲了些什么?"

"也没讲什么，跟你讲得差不多，要大家警觉些，说一旦死了人大家的日子都不好过……”

“他是主管总务后勤的，学生思想工作是你的职责范围，你就那么没有能耐?”

“凌校长，当初我就认为……”

“什么当初不当初，我信得过你，有意给你机会……”

“这我知道。”罗副校长显出了他的感激之态，“不过沙校长学生思想工作熟悉，能力也比我强……”

“什么强不强，有权你就强，何况，能力是可以锻炼的，你自己要懂得珍惜!”

罗副校长本以为做了件该做的事，忽然劈头盖脸挨了这么一顿批评，实在莫名其妙，吃力不讨好，很是没趣。他于是干脆去找到沙校长说说出出气。这原本是沙书笙预料之中的，所以他当初没有马上答应。“算了，算了!”沙书笙反而劝罗校长说。

八月中旬，高考开始发榜了。郭老师十分兴奋地第一个告诉沙书笙，周幼芬考取了师大历史系。沙书笙说:“太好了，是你帮她出的主意吧，她将来一定能成为一名优秀的历史老师!”郭老师又说:“他父亲已经做好了锦旗，要来学校表示感谢!”沙书笙说:“好啊，到时候你带他们去见凌校长。”紧接着沙书笙又特意关照了一声，“可能他们会提起我，请你不必附和接嘴!”

很快全市高考名次统计也出来了，301中学不仅摆脱了第一集团的边缘，而且上升了两位，全校颇有一种喜气洋洋的氛围，老师们的心态是总算松了一口气。凌校长自然最为得意，但是声色不露，心里却更加欣赏自己狠抓分数以及其他一系列正确的决策。于是，一个更具深意的谋划，也是适时可以着手实施的时候了。

他的十个手指弹钢琴似的又在桌面上敲击一阵，不过今天演奏的仿佛是一段全新的欢快旋律，随即一连拨了三个电话，把校办主任、马老师和女会计都喊到了学校。告诉他们为了庆贺今年高考的成功，教师节奖金比去年翻番，外加每人一箱海鲜。请马老师和会计安排计算资金。三个人自然都很开心。凌校长补充一句说："就我们几个人知道，要保密，到时候我要给大家一个惊喜！"临近结束，他要校办主任留一下，布置他去了解教育局共有多少职工，也送他们每人一箱海鲜，价格一般即可，但是有两箱必须特别关照要高档的，大黄鱼啊大明虾什么的，带鱼之类决不要放进去。注意不要搞错，进货时把这两箱先放到我的办公室里来，我要你亲自送到欧阳书记家里，记住了！"知道！"校办主任回答。

九月九日下午货到了，校办主任抢先把做了记号的三箱冰冻的海鲜紧靠身体搬到了凌校长办公室。"怎么是三箱？"凌校长问。"这不给您也留一箱嘛。"校办主任说。"算你想得周到。冷藏的东西不宜耽搁，你就去安排叫赵主任分配，让教职工们各自拿回家去。送教育局的请马老师随车。完了你马上过来把这两箱直送欧阳书记家。"校办主任嘴上回答"知道"，身子已经快步出门去了。

校办主任一走，凌汉彬迅速打开一包海鲜，塞进一个厚厚的红包，早有准备地再拿出胶带把切口封住，然后把这一箱搬到门口，把另一箱压在上面。不一会，校办主任过来把这两箱海鲜搬走了。凌校长特别关照："送到后立即来个电话！"

校办主任海鲜箱送达的电话已经来过。不知怎么，就从这一刻开始，凌汉彬蓦地惶惶然坐立不安。他害怕欧阳书记来电，不说被他厉声训斥，难以下台，就是婉言拒绝，也属于路数不合反而落得个露馅儿露底，哪怕听筒里仅仅是一声"谢谢"，他依然会心神不宁，因为"谢谢"的内涵有时确也难辨。第一天过去了，没有电话，第二天，没有电话，第三天，仍然没有电话，凌汉彬担着的心渐渐松弛了下来。因为在他看来，没有回应，好像什么也没有发生，事情才显得默契、寻常。

第二十章

一堂公开课的尴尬

沙书笙大学里有个很要好的同学，叫宋鲁宁，当年分配在一所区重点中学。由于他脑子灵，课上得好，笔头又勤，第三年就被抽调到区进修学院，担任区语文教研员。前年又被调至市里担任市语文教研员。这天，他突然来到沙书笙办公室。

"老同学，没忘记吧！"宋鲁宁一进门就这么喊。

"啊哈，多年不见，宋鲁宁，怎么忘得了呢？我知道你干得出色，又上升了！"

"你就别跟我谦虚了，当上校长了！"

"副的副的，管管总务后勤。"

"老兄，你的专业没有丢，照样出彩！网上看到了吗？"

"看到什么？"

"今年本市高考十佳作文已经评出，你班倪向羽同学的文章被评为十佳之首！"

"荣幸荣幸！"

"老同学，我可不是仅仅向你报告这个好消息的，国庆节过后，我想请你上一堂作文教学公开课，然后向大家分析分析倪向羽的高考作文，以及和大家交流交流其所以能够成为十佳之首的原因以及过程，等等。”

“老兄，你这不是把我放在火上烤吗？”

“什么烤不烤的，经验应当亮亮相！我看过你好几篇文章，你的作文教学理念独到，训练实在，而那种死啃硬塞的做法，决计出不了十佳之首！多年的教研员工作，我深深体会，广大教师中决不缺少富于成效的实践经验，可不知怎么，我想是不是因为语文教学研究者们缺失敏锐的思维，似乎不大用心探究和概括那些真正有用的经验，推广也抓不到点子上，教师中多少行之有效的经验，就这么自生又自灭了，作文教学的现状依然是你做你的我做我的，几十年来无所差别，于是乎急于求成的广大师生，反而使得形式主义愈趋泛滥。”

“老兄，不愧为市里的语文教研员，你的见解我十分赞同！”

“那么就请你支持我，上一堂公开课，也算是我俩的一次合作嘛！”

“宋鲁宁，我支持你，事实上我也喜欢作文课，但是，这公开课，我不能上。”

“那是为什么？”

“这个一时半会对你说不清。”

“尽量说得简单点。”

“我是主管总务后勤的，再在教学上抛头露面，我们的校长十分忌讳！”

“奇了！你仍然是语文教师啊，到底是什么原因呀？”

“我说了，一时半会说不清，你就不必为难我了。”忽然他转换方向，“不过我们学校语文课上得出色的老师好几个，我带你去见我校主管教学的黄副校长，请他向你推介一位。”

“遗憾遗憾，那也只能这样啰！”

于是，两个人来到了黄副校长办公室。沙书筌把双方作了介绍之后，自己便离去了。

"黄校长,我首先报告您一个好消息,"沙书笙刚跨出门,宋鲁宁就对黄副校长说,"你们学校的倪向羽同学,今年的高考作文被评为十佳之首!"

"那可是大喜讯!倪向羽就是沙校长班上的学生。"

"黄校长,其实我就是为这事来的,想请沙校长上一堂作文教学公开课,发扬发扬他的作文教学经验,也好扩大扩大你们学校的影响,可是他为什么坚决不肯上?"

"这个嘛,我能理解,但是我说不清,你们是老同学,有机会你可以找他聊聊嘛。"

"黄校长,这样吧,再请别人上作文公开课不大合适了,听沙校长说你们语文组课上得好的老师不少,那就请您推介一位,开一堂讲读课吧。"

"前几年我们引进的一位中年教师,上课生动,学生很喜欢,擅长鲁迅先生的著作,凌校长也是非常肯定的,据说在原籍鲁迅先生的杂文公开课上过十几次了,就请他怎么样?"

"好啊。时间就放在国庆节假期后的第一周。"

"好的。"

"现在能不能与他接一下头?"

黄校长一个电话,他过来了,身材高高的,天津一带口音,听起来很顺耳,姓孟。

"孟老师,就定《中国人失掉自信力了吗》,文章比较短,一课时完成,让听课者对你的构想能有完整感。"宋鲁宁接着说,"孟老师,例行公事,国庆假期之前,我能不能看到你的教案?"

"可以。"

临近国庆放假,宋鲁宁来校找孟老师,说家里有事请假提前回去了。他问黄校长是否留下教案,说没有。黄校长看出宋鲁宁有点迟疑的表情，笑着对他说："你尽可放心，没问题的，这篇文章他讲过许多次了。"

国庆节假期很快过去了。公开课当日，听课者包括各区教研员，市、区重点中学语文教研组的骨干教师等约七八十人。凌校长、黄副校长、沙副校长、教导主任等均出席，还有语文组的全体老师也都悉数到场。

阶梯教室坐满了人，前面中间是学生。公开课由市教研员宋鲁宁主持。

"感谢 301 中学的领导，语文组的同仁，还有各位同学，为我们创造条件，得以能在这里进行一堂公开课。我代表市语文教研室在此表示衷心的感谢！"宋鲁宁走上讲台说，"上课之前，我先要向大家报告一个好消息，本校倪向羽同学今年的高考作文被评为十佳之首！"全场热烈鼓掌。"借此机会，我们向 301 中学的领导表示祝贺！我们也要向倪向羽同学的语文老师、也是本校的副校长沙书笙老师表示祝贺！"

宋鲁宁说完举手朝着沙书笙的方向指了指，全场再一次热烈鼓掌，沙书笙站起向大家致礼。

凌校长轻声问旁边的黄副校长："台上这人是谁?"黄副校长说："市语文教研员，沙校长的老同学。""噢……"

"下面，我们欢迎孟老师上课，鲁迅先生的杂文：《中国人失掉自信力了吗》。"宋鲁宁说完便去坐到了听众的席位上。

孟老师从容走上讲台，师生相互问好之后，转身在黑板上非常漂亮地书写了"中国人失掉自信力了吗"文章的标题，并且紧接"吗"字，大大地加上了原文没有的"?"。

"同学们，今天我们要学习鲁迅先生这篇著名的杂文，并且要回答好这个'?'。"孟老师开始了他的讲课，教态从容，声音洪亮，语言流畅，时而激愤昂扬，时而又恰到好处地留出间歇，以让同学们思考默想，其间安排的两次讨论，气氛热烈，同学们发言也相当有质量。

“同学们！”孟老师的课程进入到了总结阶段。“学到这里，让我们抬起头来再看看黑板上鲁迅先生这篇杂文的标题，并且回答这个‘？’：中国人失掉自信力了吗？”

同学们回答“没有”！但并不整齐，声音也不够响亮。孟老师提高声调再问第二遍：中国人失掉自信力了吗？同学们齐声、响亮地回答：没有！

“对了，‘没有’！中国人没有失掉自信力，中国人从来没有失掉过自信力！”就在这时，下课的铃声响了，孟老师说：“同学们十分明确地回答了黑板上的‘？’，谢谢同学们的配合！下课！”

同学们纷纷离场。稍事休息之后便是例行的评议活动，听课的老师们都从后排会聚到了原先学生的座位上。

“各位领导，老师们，感谢孟老师为我们上了一堂精彩的公开课。”宋鲁宁习惯性地述说他主持讨论的开场白。“为了肯定和学习孟老师这堂课的优点与长处，同时也是如何把语文课进一步上好的一次研讨，请老师们发表高见。自由讨论，不拘形式，无需苛求长篇大论，三言两语一样欢迎。为了节省时间，发言者原地起立即可，讨论开始！”

“我觉得孟老师上课富于激情，语言生动，并且把控恰当，对同学们什么是民族精神的理解和积淀，很有鼓动作用！比起有些老师把富于革命激情的文章，一二三四分析讲解得支离破碎，简直是完全不同的两种境界！孟老师今天这堂课，值得我好好学习！”一位较年轻的老师说。

“孟老师上课条理清晰，整个进程节奏感很强，一步一步推向高潮，恰到好处时，有力收官。尤其是两次讨论，内容和时机抓得准，分析小结收放自如！”

接着还有好几位老师发言，也说了不少肯定与表扬的话语。

直至此时，凌校长听着脸上一直露有笑意。然而沙书笙的心里却有着非常鲜明的疑问，不过他自然不会在此刻发表。

“我有个问题，提出来请教各位。”有个坐在后排、年龄显然已在五十以上的老师站起身说。“我觉得课程的收尾，对鲁迅先生‘中国人失掉自信力了吗’这个问句的回答，似乎过于简单了。要不然，文章中的有些话，”他翻开课本选读课文的某些段落，“比如，‘自信其实是早就失掉了的。先前信‘地’，信‘物’，后来信‘国联’，都没有相信过自己，假使这也算一种信，那也只能说中国人曾经有过‘他信力’，自从对国联失望之后，便把这他信力都失掉了’，等等，对这些语句该怎么解释呢？”

“这位老先生的观点，我有同感！”一位年纪稍轻些的女老师紧接着说，“下课以来我一直在想，标题‘中国人失掉自信力了吗’，我觉得鲁迅先生的文章里本来就有两种回答：一种是正如刚才这位老先生所读到的文字，有的中国人已经失掉了自信力，鲁迅先生甚至还写‘中国人现在是在发展着自欺力’；一种是没有，就如文章里写着的：‘我们有并不失掉自信力的中国人在’，不过，‘自信力的有无，状元宰相的文章是不足为据的，要自己去看地底下’……”

讨论一下子热烈了起来。

“我赞同以上两位老师的看法！”一位年轻老师特别迅速地站起身来说，“鲁迅先生的杂文是投枪，是匕首，《中国人失掉自信力了吗》，其抨击与讽刺的对象，正是那些失掉自信力的中国人！这从文字的篇幅和重心所在就可以看得出来，所以，只对标题‘中国人失掉自信力了吗’问号的回答只有一种‘没有’，我以为似乎有失偏颇。”

“我支持以上几位老师的观点，也愿意再作一点补充。”一位中年男老师摘下眼镜站起身来说，“假如对本文的回答只是‘中国人没有失掉自信力，中国人从来没有失掉过自信力’，我的看法是这只不过是一句战斗口号，或者就民族精神本质着眼的政治宣言，那么，本文也就不属于鲁迅先生的杂文了。《中国人失掉自信力了吗》作为鲁迅先生著名杂文的特点，执教者是不是有所忽略?”

孟老师坐在第一排，先前一直边听边记着笔记，这时忽然一下跳了起来，稍稍转过身子，大声说：“我不能同意这样的观点，我也不能接受这样的批评!”

谁也想不到会出现这样的局面，气氛一下子变得十分的紧张与尴尬。宋鲁宁赶紧安抚说：“孟老师，别误会，别误会！我们这是自由讨论，各人的看法不一定全对，你当然可以保留自己的主张和观点。”

所有专程前来听课的老师们，无不感到惊愕，在这样的场合，以这样的态度回敬评议，简直有点不可思议，于是许多人交头接耳议论纷纷，全场一片混乱。

宋鲁宁一时无措，偷偷注视凌校长，他板着脸，毫无表情，不像可能站起来说几句话的样子。沙副校长也是表情全无，宋鲁宁猜他有话也不会说。

“老师们，请大家安静下来!”宋鲁宁只有考虑收场了，“其实，语文教研活动有不同见解，甚至出现争论，是很正常的，是好事，有利于语文教学本身的提高和发展。本人只是希望各位的见解并不应当仅仅停留在刚才的所言所述上面，期盼各位带回去再作议论和研究，以使是非更趋明朗，让认识水平得到切实的提高，今天的活动就此暂告一个段落。谢谢孟老师为这一堂公开课所付出的辛苦和劳动，也谢谢学校领导以及语文组同仁们的支持!”

当天晚上，宋鲁宁接到黄副校长的电话：“宋老师，出了这样的事情，真是对不起……”

宋鲁宁回答：“不不！应当对不起的是我，给您添麻烦了。凌校长对我一定很有意见吧?”黄副校长说：“不！他对沙副校长倒是很有意见，他在我面前大骂沙书笙!”宋鲁宁极为不解：“这是为了什么?”黄副校长说：“这我说不清！大约因为你是他的老同学……”

第二十一章

压抑不住的直面告白

第二天上午，宋鲁宁给沙书笙的办公室里挂电话，打了几次没人接。后来干脆打总机请接总务处查找。女会计接的电话，说“请等一下，我去帮你找找。”过了好一会，宋鲁宁才听到了沙书笙的声音。宋鲁宁说：“找你真不容易！有时间出来喝杯咖啡吗？真想跟你好好聊聊！”“好呀！”沙书笙回应，“不过最近几天没空，家里有点事，待处理好我给你电话。”宋鲁宁说：“好，打我手机！”

原来，昨天下班回家，收到丈母娘电报，说老丈人已经出院，病情稳定，所以急着想过来照顾女儿。沙书笙已经回电，要她买好车票发个电报，好去车站接她。

沙书笙心里的难题是，眼下的保姆不能说走就要她走，叫人家住哪儿去，而且下家也不是说找就能找得着的。他自然想到了汪西茜。

“沙校长，你知道吗？”找到汪西茜，她抢在前头发问。

“知道什么？”

“昨天公开课散后，凌校长在办公室里大光其火，骂你请来老同学有意出学校洋相，毁坏学校的声誉……”

“真是这样说的？”

“今天饭桌上都在说。”

"汪老师,请你帮我悄悄核实一下,真是这样说的话,我要去找他说说理!"沙书笙心里的火气第一次觉得这样的压抑不住。

"许多事情,你早就该找他说说理了,大家都说你太老实,太软弱!"

"我也曾经几次想找他,后来想想他那么的固执己见,不会有什么结果的。我只图个太平,做好我的总务后勤工作,上好我的语文课。"沙书笙忽然改变了声调,"汪老师,今天我来找你可是有一件急事……"

"什么急事? 你说!"

"老丈人已经出院,病情稳定,丈母娘要回来了。当初急得什么似的请你帮助找来的保姆,现在却忽然要她走,真是不好意思,怎么办呢,又要来麻烦你了!"

"噢哟,我以为什么事呢,我会想办法的。你丈母娘几时回来?"

"她买好火车票,会发电报来。"

"收到电报你告诉我,你丈母娘什么时候到,我什么时候过来带她走。"

"真是太谢谢你了!"

"谢什么呀,你知道吗,能够帮助你,我心里有多乐意!"

"……"沙书笙一时没反应。

"你知道吗?"汪西茜轻声再问一次。

"知道,知道……"

第二天一早汪西茜照例骑车上班,快近校门时,忽然发现沙书笙就在前面,于是紧踩几脚靠近过去对他说:"核实过了,是原话。"说完,汪西茜加快速度先行进了校门。

沙书笙在走廊里慢悠悠地巡视察看,一经注意到凌校长进了办公室,也便跟了进去。

"凌校长,我有事找你谈谈。"沙书笙说。

"很急吗?"凌校长一边脱外套一边说。

"是的。"沙书笙态度很严肃。

"好,你坐。"沙书笙转身关上门,然后坐下。

"凌校长,不必拐弯抹角了,饭桌上听来的,您是否说过'沙书笙有意请来老同学出学校洋相,毁坏学校声誉'?"

"说过。"有点无所谓的样子。

"凌校长,我是你的副校长,你可不能毁坏我的声誉!"

"不是吗?"

"事情的前后你到底了解了多少我不知道,我的说明你不信的话,可以请黄副校长过来说,当然也可以把我的老同学市语文教研员宋鲁宁请过来。"

"你说吧!"凌校长也在自己的办公椅上坐定了下来。

"宋鲁宁是我大学里的同学,好几年不见面了。原先是一个区的语文教研员,三年以前被提为市的语文教研员。那天他突然来找我,告诉我网上已经公布,说我班的倪向羽同学今年的高考作文被评为十佳之首,他前来的目的是希望我上一堂作文教学公开课,然后分析分析倪向羽的高考作文,以及和大家交流交流其所以成为十佳之首的原因以及过程等。他还说借此发扬发扬我的作文教学经验,也好扩大扩大学校的影响。但上公开课,我坚决拒绝。"

"为什么?"

"我给自己的定位是,管好总务后勤工作,以及上好每一节语文课。"

"那又是为了什么?"

"我只应当行使属于自己的职责。我把宋鲁宁引到了黄副校长办公室,把双方作了介绍之后,我就离开了。宋鲁宁与黄副校长一切敲定之后,临走之前来我办公室告别时问我说,孟老师上课是不是学生很喜欢,我说是的,又问我说,据说他特别擅长讲读鲁迅先生的杂文,我说据说是的，他再问我说，你们的凌校长是很肯定他的，我回答说是的，因为我亲耳听您说过，于是他点点头便与我握手告别。”

沙书笙说到这里，停了一会儿，仿佛是换口气。凌校长没有说话。

“至于公开课的所谓洋相，与我一点关系都没有，怎么能把毁坏学校声誉的责任推到我的头上？凌校长，您是校长，我尊重您，配合您，校内校外，任何场合，我没有说过半句对您不利的话，而您这样随意毁坏我的声誉，是不是很不妥当？”

沙书笙态度严肃，从来没有以这样带有责询的口吻对凌校长说话，凌校长着实愣了一下，无以应答，很显被动，于是他放软了声调罔顾左右地说：“沙校长，你不知道我当时有多么尴尬？”

沙书笙注意到了凌校长说话转换了角度，回避正面作答。其实沙书笙本来就没有指望凌校长面对他承认错误或者表示歉意之类，适可而止了，于是便顺着他的话题往下说。

“这我理解。其实，凌校长，假如当时您能站起来说几句话，现场的气氛，最后给老师们的印象都可以是不一样的。”

“怎么说法？”凌校长责难似的反诘，“你怎么不说？”

“您校长在场，我怎么可以随便插嘴？”

“你倒现在说说看！”

“可以吗？”

“可以，你说！”

“不过具体场景已经不同，我也很难模仿您的语言方式，我只能说说当时的一些想法，说得不对请您批评指正。”

“你说！”

“我以为孟老师那一瞬间的表现，是极为失礼和缺乏修养的，应当立即要求他平静下来，虚心倾听大家的意见。今天在场的所有老师都是本市语文教育界的能人和强手，能有机会聚集在这里，向我们指出问题，送经上门，真是难得的机会，应当为此向他们表示歉意，同时应当让他们知道您将用今天的事例，告诉学校全体老师，只有每一位老师良好的个人素养，才可能有我们群体对外的良好形象。再有一点，也非常重要，那就是今天的评课，事实上是一次真正的教学探索，学术研讨，我们平时也缺少这种气氛。您甚至可以当场要求语文组就今天的内容专门进行一次教研组活动，继续展开深入的讨论与研究，并且得出结论，向学校汇报，向市语文教研室汇报。如能这样，我想对外决不会产生什么不良的影响，而对我们自己却会是一种切切实实的促进和提高，我们的日常教学也才能称得上是一种科学的教学行为。所以，除了抱歉之外，还应当对他们的批评和意见表示感谢，感谢大家为我们带来了一股清新的气息！凌校长，对不起，我说得太多了，表述上似乎也有些凌乱，请您批评指正……"

"你说的很好。"沙书笙的这一通言论，凌校长似乎无可反驳或者挑剔，他只能这么说，但是满脸的肌肉早已紧绷，他觉得好像是在聆听某位首长的训话。

"凌校长，我还想补充一点。"沙书笙就是不会察言观色，简直有点忘乎所以了。

"你说。"

"所谓上课生动，学生喜欢，这只是作为一个好教师的第一个层面，更深的层面应当是知识传授正确，有深度，并且善于将其落实和融合到学生既有的知识体系之中，成为他们一种新的能力……"

就在这时，操场上广播操音乐结束了，学生们正在进入教室。

"凌校长，感谢您今天让我说了那么多，不对的地方，请您批评指正。下面我有一节课。"

"你上课去吧！"

沙书笙走后，凌校长沉思默想了一会，十个手指又在桌面上敲击起来，不过节奏急促而杂乱，没有欢快的感觉，倒有点像警匪片中主角遇险时的那种紧迫，收尾时他突然站起以拳击掌，随即拨转了电话。

“欧阳书记，您早！”接通以后他说，“今晚我想上您家来看您！”

“不巧，今晚我有个饭局。”欧阳书记回应。

“晚点也可以，我有点事。”

“那么，九点半以后吧。”

“行，到时见！”

九点半不到，凌校长的车已经停在了欧阳书记的宅邸附近，看见欧阳书记进屋了，故意隔了七八分钟，才去敲门，司机搬着六大瓶一箱的两箱茅台随后。

“又拿来什么呀？”欧阳书记看着茅台说，语调平常。

“不成敬意，不成敬意。”

司机放下茅台，退出门去了。女佣送上两杯龙井转身也离去了。

“真是不好意思，这么晚了还来打扰您！”宽大的沙发上坐定之后，凌校长说。

“没关系，有什么事？你说！”

“这个沙副校长，我实在难以再跟他继续共事了！”

“又发生什么事了？”欧阳书记问。

“上次我报告过您，新官上任烧了几把火，自以为了不得了，我决定的事情他对着干，根本不把我放在眼里。后勤部门内部也弄得不团结，与总务主任拍桌子吵架。他的手伸得也很长，一个主管总务后勤的副校长，居然跑到班主任会上去做报告。尤其是他与我校的音乐教师关系很不正常，以至外校组织部门上门来调查，风流绯闻满校园沸沸扬扬，最后闹得人家婚姻破裂，离婚了事。”

“不过，凌校长，我这边倒常听到对他的好印象。”

“欧阳书记，这不过是某些个侧面，深层的真谛你这边是感觉不到的。”凌校长料定欧阳书记再也不会弄几个人下来作什么调查了解了，所以他敢这么说。“特别令我恼火的是，就最近，他请来一个语文教研员，是他的大学同学，组织我校新来的一位老师上公开课，结果大出洋相，这是有意毁坏我校的声誉！”

“有意毁坏学校声誉？不至于吧？凌校长，是不是你对他已经形成了某种偏见……”

“欧阳书记，他有能力，有计谋，凡事自搞一套，您说得不错，我也许是对他有了某种偏见……”

“有能力，年轻气盛，我说过你不要急躁，成熟也得容许他有一个过程嘛。”

“欧阳书记，要不还是我让了吧……”凌校长更有把握冒而无险地再一次这么说。

“凌校长，你就不用再开这种玩笑了！你校今年的高考成绩不错呀，把一位升学率上升两位的校长拉下马，那是绝对不合时宜的！”欧阳书记喝口茶，继续说，“至于你与沙校长嘛，我能理解，再匹配的婚姻也未必都能从一而终。不过，凌校长，你校最近几年里已经走掉过两个副校长，再要将他作平移的调动，舆论对你并不有利。”

“欧阳书记，难以合作，不仅工作开展不顺畅，还常常弄得心境不大好……”

“凌校长，情况我知道了，但是，干部的人事变动，也得有适当的机会，请你务必耐心些。”

凌校长没有再说话，只是会心地点了点头。

第二十二章

两只手轻轻地握了握

丈母娘回来了，汪西茜也已经把她介绍的保姆领走，尤其是跟凌校长一场对白之后，沙书笙憋闷的心绪似乎也松弛了许多。于是联系了宋鲁宁，两个人在一家咖啡馆里碰头。

"沙书笙，首先我要送你一样礼物，一部手机。"咖啡还未上来，宋鲁宁拿出一只小小的盒子推向沙书笙。

"老兄，这怎么好意思？"

"如今当头头的都有手机，工作方便。我知道你的情况，老同学，你就别客气了！实事求是，我那也是最普通的，不过以后找你就方便了！"

"谢谢，谢谢，这下我也成了把卫星装在口袋里的人了！"

服务员送上两杯咖啡。

"沙书笙，那天的公开课凌校长自然有些尴尬，可我实在弄不懂，他不去批评孟老师的举止失当，怎么会对你特别有意见？"

"哎，你知道他怎么说，'沙书笙有意请来老同学出学校洋相，毁坏学校声誉'！"

"这怎么扯得上呢？"

"因为他知道你是我的老同学，又在这样的场合告诉大家我就是今年高考作文十佳之首的语文老师，再加上孟老师课文没有把握好，大家提了尖锐的意见……”

“沙书笙，这样看来，凌校长对你有着很深的偏见，绝非一日之寒！”

“说来话长啰！”沙书笙笑着叹息一声，喝了口咖啡继续说，“原本我没有想过当什么副校长。我告诉你，我与凌校长之间的矛盾，或者说他并不喜欢我，早有端倪。还在我任住宿班年级组长时，对学校不够关心师生的生活很有意见，比如几年喝不到100℃的开水。有一次我为此去找他，他头也不抬，说：‘国家有困难，没煤！’我又问：‘学校能不能想想别的什么办法？’他侧一侧脸斜视我一眼，责难我说：‘什么办法？你弄得到煤吗？’老实说，从那时候起，我就对他没什么好感。而他，大约也从这个时候开始就并不喜欢我。”

接着，沙书笙就工会选举问题，“三六试验”问题，入党转正问题，总务主任出差问题，名品一条街问题，新马泰旅游问题，等等等等，畅畅快快地向他的老同学叙讲了一通。

“最刺痛他的有两桩事情，第一，我主管总务后勤以后，他认为做不到的100℃开水问题，在没有增加一斤煤的情况下，半个月，我让全体师生喝到了100℃的开水，全校师生赞扬备至。还有，我不多花学校开支，仅把学校的许多废旧物资，做了几件给全校师生带来方便和实惠的衣橱沙发，等等。但我清楚地感觉到，这方面的事情我做得越多，群众越欢迎，他心里就越不舒服。第二件事情也许更加刺痛了他。她暗恋着音乐老师汪西茜，曾经与她表演过男女声两重唱。但是汪老师嫌他声音粗犷高亢，不和谐，约我与她合唱，我不知底细，就应了，结果效果很好，他气得发怒，我于是再也不唱了。总而言之，能忍的我都忍，我专注于做好总务后勤工作，以及上好我的语文课。可是，这次公开课事件，他如此毫无根据地诋毁我，我不能再忍了，我去找了他直面告白。”

“你去找过他？”宋鲁宁有些惊异地问。

“找过！”接着，沙书笙把那天早上和凌校长之间的全部对话，详尽地向宋鲁宁复述了一遍。

“沙书笙，你对这场对话自己的感觉怎样？”

“没想很多，我只是在无可再忍的情况下，直面告白他的话不符合事实，有损于我的声誉，是不妥当的。至于其他说的那么许多，是否对他有所启发，或者反而加深了他对我的偏见，不得而知。你倒分析分析看！”

“以我看，那天早晨的对话虽然只是两个人，但是实际上你们的矛盾公开化了，不同办学理念的冲突也更加深刻化了。试想，假如凌校长是一个以事业为重、富于远见而又大度的人，那么他甚至会任命你为常务副校长，培养你将来接他的班；假如他不是这样的一个人，那么他害怕你，觉得你对他是莫大的威胁，他一定要想方设法把你排挤出去。你觉得情况可能是哪一种？”

“肯定不会是前一种！”

“你们学校已经有两位副校长辞职离去了，你准备怎样应对？”

“我可以不当副校长，但我不会离开 301 中学，我对这里的师生有感情，我乐于在 301 中学专注于当好一名语文老师，有心得时写写文章，不亦乐乎！”

“沙书笙，在学期间，你追求完美，读书办事多有创意，敢于吃亏和忍让，这一切我觉得如今的你和学生时代差不多，没有变化。而你对教学业务的钻研与成就，一心为公的工作激情与业绩，以及讲究实效的办学理念，让我刮目相看。老同学，我觉得你是一个极具领导才能的人！不过，让我想不到的是，那么多年的磨炼，怎么反而使你变得这么消极？！”

“这就是生活的现实，或者说是现实生活的一种积淀，合乎逻辑！”

“沙书笙，假如现在实行竞争上岗，你敢站出来挑战吗？”

“我没有野心，也没有官瘾，从来没有想过这个问题。”

“假如校长负责制有一套权力职责明晰，遴选程序民主，监督约束严谨的规章机制，你会站出来竞选吗？”

“如能这样，那么体制机制意识，舆论环境风向，人际生态关系等等都会不同，在这样的氛围之下，那么人们升职，不是为了权势与利益，而是为了舒展抱负与事业……很难说……老同学，实话对你说，有时候眼见有权不作为，架势却十足，权力个人化却借势膨胀，气也会把你气出勇气来！”沙书笙说着下意识地挺了挺腰板，“我一直这样想，什么是健全的机制，那就是通过既定的规程，能够把真正的强手推举到领导岗位上！聪明的脑袋多得很，凡有人群的地方总有人才在！”

“看形势，改革终将会走到这一步，可不知道什么时候才能到来？”宋鲁宁颇有感慨，一口喝干了杯里的咖啡，然后说，“由于工作关系，我接触过许多学校，了解了不少情况。如今办学全凭校长的个人素养、觉悟以及处事方式。校长做对了什么，得不到相关机制的支持或者肯定，校长做错了什么，似乎也并没有违背了什么必须遵循的条款。”

“老同学，你的观点和我们的袁老师完全一致！”

“袁老师是谁？”

“我校的数学老师，遇事很有见地，在外地当过副校长，也是气得辞职来到了本市。”

“所以呀，沙书笙，我预感你的情况将会有变化！”

“什么变化？”

“这就难说了，各种可能。”

“现在我有了手机，有变化我会随时告诉你。”

时间一周又一周地过去，沙书笙仿佛觉得凌校长对他客气了许多，在有次校长会议上甚至说过高考作文十佳之首为学校争得了荣誉之类。但是，沙书笙猜不透脸色与言辞某些变化的真实缘由，但他不相信这就是宋鲁宁预言的第一种可能性的什么先兆。

然而，沙书笙家里却发生了重大变化。一天夜里，他妻子连着叫了几声“头痛”，便昏厥了过去。沙书笙呼叫救护车送医院抢救，第三天了还是没有醒来。沙书笙和他的丈母娘，心神惶惶然不说，吃睡也都乱了时辰。沙书笙的手机忽然响了，打开，是汪西茜的声音：“沙校长，嫂子住院了？”沙书笙说：“三天了，还没醒来！”汪西茜说：“她妈还要陪夜吧，真是辛苦了，你们吃饭一定也不正常，原先那阿姨现在做钟点工，过一会我让她送点吃的来。你把医院和床号告诉我，啊呀，都这样了，快说，我记下！”不多一会，那阿姨就来了，提了两只锅子，一只里是饭，一只里是几个菜。阿姨还说陪夜什么的需要帮忙，你们安排了告诉汪老师，我会抽时间过来的。接着她拿出一张纸条说，这是汪老师的电话。那阿姨刚出门，沙书笙就按号拨通了电话：“汪老师，这是你的手机？”汪西茜回说：“知道你有手机了，我也就买了，以后你有什么事需要帮忙，联系起来就方便了。”

入院第八天，抢救未果，沙书笙的妻子终于离他而去。沙书笙自然知道这一天本来不会遥远，但还是哭得十分伤心。她母亲更是抱着女儿长时间地号啕、抽泣。

追悼会在一个星期天举行。少儿出版社单位小，十五六个人几乎是倾巢而出了。肇事单位派来了三个代表。学校里沙书笙托汪老师悄悄通知赵主任、袁老师、马湘英等五六个人。老丈人心脏不好，沙书笙劝丈母娘暂时还是不要通知他，所以家乡也没人过来。邻居倒来了不少。不过总共才三十来人。

少儿出版社的工会主席致悼词，思念这位年轻编辑潜力十足的工作态度与精神，对她的过早离世表示十分的惋惜。沙书笙致答词，未开口先流泪，一说话便哽咽，弄得在场几乎所有的人都陪泪。命运有时就这么残酷，他的阿珍就在这样的凄凄切切之中了却了一生。

当天晚上，汪西茜给沙书笙挂了电话：“沙校长，你不要太伤心了，你还要好好安慰你的丈母娘呢。”沙书笙说:“你说的是,我原来准备明天就送她回去,免得她一个人在家看着女儿的照片哭泣不止,可她一定要到过了头七。”汪西茜说:“那也只能遂她的心愿!要哪天的车票你告诉我,我去帮你买。”沙书笙说:“好的,谢谢!不过一定要买两张,一则免得她一路孤独难过,二则她单位与肇事方均有一笔抚恤金,我都让她带回去,所以我一定要亲自送她到家里,正好看看老丈人,也要安慰安慰重病在身的他老人家。”汪西茜说:“你真是一个很细心的人!沙校长,你们都太累了,明天我让阿姨过来,帮你家里整理整理,洗洗涮涮。”沙书笙说:“谢谢你,汪老师!”汪西茜说:“不用谢,你自己多保重!”

估计沙校长送别丈母娘回家的当天晚上,近九点了,汪西茜特意给他挂了个电话,她问:“到家了吗?”沙书笙回说:“到了。”汪西茜又问:“晚饭吃过了没有?”沙书笙回说:“弄堂口小店里吃过一碗面。”汪西茜又问:“现在正在做什么?”沙书笙回说:“手里捧着阿珍的相片……”接着汪西茜听到的是他哽咽的声音。“你别太伤心了,我马上过来看你!”

汪西茜敲门进屋,一眼看见桌子上放着追悼会上见过的那张相片,再一联想她最后的遗容,即刻也滚出了泪珠。沙书笙说:“汪老师,谢谢你这么晚了还来看我!”

“沙校长,你要保重自己,你要振作起来,我想这也是你离去的妻子的愿望。”

“那倒真是的,她清醒的时候几次说过这样意思的话。”沙书笙说。“可是不知怎么的,过去的日子尽管她甚至已经失去了知觉,但人还在,总以为我们依然相伴,可今晚回到家,我一下子觉得特别特别的失落、孤独……”

“沙校长,冷静想想,这是没有办法的事,你只有面对现实,你要节哀,以后么,也总会有人陪伴你的……”

沙书笙诉说“特别特别的孤独”,只是他当时内心的真实独白,绝无有意引出汪西茜的什么话来，而汪西茜的“总会有人陪伴你的”，不过是此时此景同事之间的惯常慰藉而已，也决非趁势有心表露心意。然而，一来一往对白一结束，两个人同时都敏感到仿佛各有用意似的，于是都显得有些不自在，因为确乎不合时宜。

“这三十多平米的套间，是结婚时出版社分配的。”沙书笙转换话题说，“我们自己粉刷，跑东跑西买台子凳子，锅子碗筷，床铺被褥，记得还有一个大红喜字，两个人一样样一件件从楼下搬上来，欢天喜地地布置着新房间。其实一切都很普通，但这是我和她一起建设起来的自己的家啊！可是，现在她不在了，永远地走了……看着这一切，我就会想起她，我就会流泪……”

“沙校长，你要保重自己！”汪西茜一边跟着流泪一边站起身说，“别太伤心了，弄点热水洗把脸，眼睛处用热毛巾捂捂，早点休息，明天还要上班，我这就走了。”

“这么晚了，我送送你！”沙书笙伸手准备开门。

“不用不用，你早点休息吧！”汪西茜伸手以示不必，结果两只手正好触碰，于是很自然地轻轻握了握。

第二十三章

接受新任务

凌校长在汽车里接到欧阳书记的电话，要他尽快去到他的办公室。于是汽车立即调头，直奔市教育局。

“我刚刚送走龙港新城的教育局孙局长，”凌校长一进办公室，欧阳书记对他说，“龙港新城去过没有？”

“没有。”凌校长回答。

“我去过，很漂亮。这是个最近四五年里发展起来的高科技新城，为了吸引国内外高科技人才，市委指示一定要把教育办好。占地 100 亩的龙港中学基建已经基本竣工，计划明年暑期招生。今天孙局长找我，就是要我为他们物色一位校长。”

“这是您当仁不让的使命嘛。”话里充斥着奉承的语气。

“这是个机会，我考虑将沙副校长推荐过去，决定之前想听听你的意见。”

“我没有意见。谢谢欧阳书记把我校的事情一直放在心上。”凌校长说，“假如他不愿去呢？”

“接下来的工作你就放心，由我来做。”

“再次谢谢，欧阳书记！”

凌校长走后，欧阳书记马上给沙副校长直接挂了电话，说：“是沙校长吗?”沙书笙答:“是啊,你是哪位?”欧阳书记说:“我是欧阳……”沙书笙不知不觉刷地站立了起来:“失敬失敬,欧阳书记,第一次听您的电话,没能听出来……”欧阳书记说:“不用客气!沙校长,明天下午请你务必抽时间,来局里一趟,直接找我。”沙书笙说:“知道了,欧阳书记。”

挂断座机,沙书笙拿起手机给宋鲁宁拨电话,告诉了他欧阳书记明天要找他谈话,问:“你看可能是什么情况?”宋鲁宁说:“很难说,反正你也有了一定的思想准备,稳着点。”沙书笙说:“无论什么情况,我都不会当场表态。”

第二天下午一点半过后,沙书笙来到了欧阳书记的办公室。欧阳书记请他到会客室,两人坐定后,欧阳书记说:“时间过得真快,记得我亲自到贵校宣布局里的决定,任命你为301中学的副校长,至今已经三年多了。在这段时间里,你工作很有成效,常有群众称赞你的信息传到我的耳朵里,我很高兴。”

“谢谢欧阳书记的鼓励!”

“沙校长,今天我特意请你过来,却为的是交给你一个光荣而重要的新任务!”

“欧阳书记,什么任务啊?”

“龙港科技新城你知道的吧?”

“知道,但是不曾去过。”

“好漂亮的一座现代化新城,目标规模人口三十万,现在已有十多万人入住,轨道交通直达也已经列入规划。为了吸引国内外高科技人才,市委指示一定要把教育办好。一所占地100亩的龙港中学的基建已经基本竣工,即将进行内部修饰与设备安装,准备明年暑期招生。昨天他们的教育局孙局长来找我,要我们为他物色一位敬业尽职、富于创新精神的校长。我高兴地告诉你,局里经过慎重研究,决定这个岗位请你出任!”

“欧阳书记，我年纪还轻，经验太少，我怕胜任不了！”这样重大的任务，沙书笙确乎有点诚惶诚恐，但是又似乎并不觉得怎么惧怕。

“沙校长，你要相信自己，我信得过你！”欧阳书记这么说，确也算不得违心。“那里的福利条件很好，是高级职称，马上分配三房一厅，中级职称两房一厅，大学毕业生有宿舍，几乎每周都有副食品分送……”

“欧阳书记，我斗胆想对您说一句我心里的疑问？”

“你请说！”

“我总觉得，凌校长一直不喜欢我在他的身边……”

“这事与他毫无关系，交给你这个任务，是对你的工作业绩以及潜在能力的肯定，你可以相信我！”

“谢谢欧阳书记的鼓励和信任！不过，欧阳书记，能不能容许我考虑两天？”

“可以。”

一出教育局大门，沙书笙便拿出手机给宋鲁宁挂电话，第一个征询他的意见。

“我以为值得去，这样你可以不受约束地按照自己的理念办学，我相信你一定能办出点名堂来！”

“那么你支持我去？”

“支持！”宋鲁宁的语调很坚决。“告诉你，原本那里有一所中学，因为教研活动，去年我去过，规模不大，活力也不足，在那里你有广阔的天地，而且，那地方临海，环境很美。”

当天晚上，他又去拜访袁立新老师。袁老师也如往常给他泡上茶，两人隔着饭桌对坐。

“袁老师，今天我又来请教你的问题，恐怕你怎么也不会想到！”听了宋鲁宁的电话，沙书笙心里有了点底，所以他来找袁老师，好像不是请教什么疑难，倒像是为的再争取一份支持和赞同。

“什么问题呀，我哪里想得到？”

“今天下午，欧阳书记把我找到局里谈话，要我到龙港新城去当校长，那里新建了一所龙港中学，占地100亩……”

“晚报上介绍过这所在建的新学校，去得！”袁老师没等沙书笙说完，迅速而坚决地说。

“袁老师，今天你回应我的疑问那么干脆，你倒跟我说说为什么去得？”

“第一，你这个B终于可以摆脱A的阴影笼罩，有机会发挥你A的才能，按着你自己的理念去办学！”

“袁老师，给你这么一说，我倒真是有点诚惶诚恐，管理好这么大的一所新学校，我终究缺乏经验呀！”

“沙校长，据我的观察，有你这样心态的人，决不会坐井观天自以为是，你善于了解实际，富有创意，你必将在既有经验的基础之上，不断会有新的见解，新的措施，一所从零起步的新学校，我坚信你一定会有所作为的！”

“袁老师，在你这里，我总能获得莫大的理解与支持，假如我真的去那里上任，遇上疑难，我免不了还会来找你求助、请教！”

“这是第三个话题，待会儿再说，现在我说第二。沙校长，你在301当了三年多副校长，做出了许多成绩，但是却受了不少委屈甚至压抑，再加上家里又发生了那么大的变故，换换工作环境，创造条件再重新组合一个家庭，对你的工作和身心健康也会有好处的。”

“袁老师，谢谢你作为一个长者对我的关心！”关于重组家庭的事，沙书笙的脑子里自然闪现过，但是眼下他总是下意识地竭力回避。“袁老师，现在请你说第三。”

“第三，沙校长，如果你正式决定去龙港中学当校长，那么我第一个申请去你的麾下工作，希望你能接受我！”

“真的！太好了！那你就当副校长，我们一定能合作好，只是委屈你了……”

“别别！不干行政的宗旨我是不会改变的！”

“袁老师，这样的话，重点中学的名牌教师，我劝你不必过去，离市区又那么远。”

“士为知己者死，我乐于为你效犬马之力，一定用心助你把数学组搞好，况且，我来自外地，市区郊县对我来说没啥两样，说句私心话，据说那里的住房条件比较宽松。”

“那倒是的。好，假如我真的过去当校长，那么，我第一个聘任的老师就是您袁老师！”

“谢谢！我一定与你配合好！”袁老师忽然话题一转，“沙校长，你要不要也去听听汪老师的意见？”

“是的，我想明天找她。”

其实，当欧阳书记说到要他去龙港新城当校长时，他第一个想到的人就是汪西茜。事情起源于男女声两重唱事件之后，在不知不觉之中，他对她产生着好感，不过那也只是略微不同于一般而已。此后，他发现她对他家庭不幸的真切同情与关心，加深了这种好感，尤其是在她离婚以后，这种好感有时甚至令他遐想。但那时，他不愿、也不忍面对。特殊的境遇往往使人格外敏感，沙书笙也感觉到了汪西茜对自己的好感，这愈加使他欲罢不能，难于释怀。当他的妻子命悬一线及至离去，突然觉得无比悲凉与孤独无助的时候，唯有她的规劝与抚慰最能让他的伤痛得以平复，哀愁渐趋化解。

沙书笙本来的考虑是，待他丧妻的悲痛渐渐淡去之后，再去进一步向她靠近乃至表白，这样既不会让汪西茜小看，也免得被指指点点“妻子尸骨未寒便迫不及待地寻找新欢”，从而坐实“原本早有瓜葛”的尴尬。但是，现在时间紧迫，他必须尽快把情况告诉汪西茜，听听她的意见。不过他知道，从理性的角度分析利弊，汪西茜不会高于宋鲁宁和袁老师，然而难于言表的是她的态度分量很重，她可以使他的初步结论更加坚定，但是也可以搅乱他的全部心绪。

第二天整个上午，沙书笙一直没有找到汪西茜，他给她挂电话，她回话说正在公交车上，有点事请假了。沙书笙没有再问，但是心里想有什么急事正好在今天，因为明天他必须给欧阳书记回应了。

原来，袁老师作为长者，一直悄悄地关心着沙书笙与汪西茜，认为他们两个极其般配，而且双方互有好感，事到如今，早有撮合之意。所以昨晚沙书笙一离开，他就给汪西茜打电话，对她说了他们之间刚才谈话的全部内容，告诉她明天他将找她征询意见，希望她能够给予他最有力的鼓励和支持。可是，她明明知道今天沙书笙将特意找她，她怎么偏偏请假了呢？

直到晚饭之后，沙书笙才从手机里听到汪西茜的声音："在家吗？"沙书笙说："在家。"汪西茜说："我这就过来！"

在等待汪西茜的这段时间里，沙书笙没有坐定过，一直在房间里杂乱地踱步，心神不定，后来干脆开门，从走廊里向下张望。

"怎么一天找不到你，你去哪里了呀？"汪西茜还没进门，在走廊里沙书笙便急切地问。

"龙港新城。"

"龙港新城！你去做什么？"沙书笙十分惊奇。

"去看看。沙校长，龙港新城真是很美噢！巨大的人工湖一眼望不到边，小岛悠远曲折，还有像西湖那样的断桥，龙形的游船星星点点，马路宽畅，人行道绿树成荫，商业街独具风格，看不到一栋简陋粗糙的建筑，我很喜欢这个地方……"

"你是去旅游的吧？"

"不是，我是去龙港教育局找他们的局长！"

"你去找他们的教育局长?"

"是的。我要求他给我安排一份工作。"

"汪老师,你又是在跟我开玩笑吧?"

"不是! 告诉你吧,昨天夜里,你一离开,袁老师就给我打了电话,说了很多,他希望我能够给你最有力的鼓励和支持!"

"那么说,你支持我,也愿意去那里工作?"

"是的!"

"谢谢你! 有你的支持,我的决心更大了,信心更足了。不过,你愿意去那里工作,其实问题很简单,我过去以后将立即着手组织班子,招兵买马,还用得着你专门跑一趟去找他们的教育局长?"

"是的,那里的教育局长姓孙,孙局长也是这么说的,但我不这么想。"

"你是怎么想的?"

"我对孙局长说,欧阳书记找沙校长谈话,要他出任龙港中学校长,他的内心尚有疑虑,如果您现在就答应给我安排一份工作,这会更加坚定他过来工作的决心,我相信他一定能把龙港中学办好!"

"孙局长问我'你是他的什么人'? 我当时回答……好像没经过脑子……"

汪西茜突然把话停住了,像个犯了错误的孩子似的,呆呆地又是含情脉脉地凝视着沙书笙。

"你怎么说?"沙书笙催促着。

"我说你是我的未婚夫……"声音很轻,甚至有点含糊。

"你真是这样说的?!"沙书笙却是意想不到的惊异。

"是的,我是这样说的……我脱口而出,我想竭力加重分量,引起他的重视,我这样说可以吗……"

沙书笙一步冲过去,握住了她的两只手,迅即又拥抱了她:"可以可以！我也是这样想的，可以可以！”

两个人紧紧地相拥，汪西茜喜极而泣，热泪滚滚而下。

“沙校长……我喜欢你已经很久很久了……”

“我也是……很久很久了……”

两个人幸福地拥抱了一阵之后，又继续着未了的谈话。

“孙局长后来怎么说？”沙书笙问。

“他问我从事什么专业？”

“我说音乐，告诉他现在是 301 中学的音乐教师，同时我把音乐学院的毕业证书和 301 中学的工作证都拿出来给他看了。”

“他说那不是很简单，龙港中学也需要音乐教师呀。”

“我说我不想与你在一个学校里工作，日长月久，免得给你添加什么不必要的麻烦。”

“他嗨一声说，‘你这位汪老师想得真是周全。好，今天我答应你，一定给你安排一份工作’！”

“我说，孙局长，您可不要把我放进机关里，我喜欢孩子，中学没有位置，小学也行。”

“他说‘这可太委屈你了！谢谢你坚决支持沙校长、你的未婚夫前来龙港中学任校长，也欢迎你加入我们龙港新城的教师队伍’！”

“好啊，你已经走在我的前面了！”沙书笙站起身准备送别汪西茜时说，“明天一早我就去教育局向欧阳书记表态，坚决接受新任务，而且保证尽心尽责，不辱使命！”

第二十四章
特邀嘉宾

沙书笙向欧阳书记表态之后的一个多星期，沙书笙接到欧阳书记的电话，告诉他龙港新城教育局下星期五有一个简单的聘任仪式，要他务必在上午九点半到达教育局，他们有专车来迎接。

挂断电话，欧阳书记马上接通了凌校长的电话，说："凌校长，你校的音乐教师叫汪西茜是吗？"凌校长回答说："是的。"欧阳书记紧接着说："请你通知她下星期五上午九点半到局里来，直接找我！"凌校长还没来及问找她有什么事，电话已经挂断，于是令他满腹狐疑。

自从泰国酒店里的事情之后，凌校长害怕与汪西茜相遇，但是很长时间没有动静，心里一直很想再次单独见到她，现在欧阳书记的神秘通知，既是一个合理的借口，也好趁机探探底细。于是便让校办主任把汪西茜请到办公室。

"叫我有什么事？"汪西茜一进门就这么问，语调冷冷的，连凌校长称呼也不带。

"刚才欧阳书记来电，让我通知你下星期五上午九点半去教育局，直接找他。"

"欧阳书记找我有什么事？"汪西茜简直愕然，怎么也想不出可能是什么缘由。

"你不知道?"

"我不知道。"

"你是不是找他说过什么?"

"我能向他说过什么,教育局的大门向哪里开我都不知道……"汪西茜有意瞪眼瞧了他刹那,话未收尾,转身便走。

"通知我可是传达到了!"凌校长起身追补了一句。

汪西茜正在手机里寻找沙书笙的号码,铃声却响了,一听正是沙书笙打来的,告诉她欧阳书记给他打了电话,通知他下星期五龙港教育局有个简单的聘任仪式,要他出席。汪西茜紧接着问:"下星期五? 什么时间?"沙书笙回说:"上午九点半到教育局,他们有车来接。"汪西茜说:"怪了! 我刚刚从凌校长办公室出来,他通知我下星期五上午九点半去教育局,直接找欧阳书记,时间完全一样,这是怎么回事?"沙书笙说:"孙局长认得你,是不是请你一起去参加聘任仪式?"汪西茜说:"对了,因为我是你的未婚妻啊!"沙书笙补充道:"何况,你还助了一把力的!"

星期五上午九点半沙书笙和汪西茜准时到达,大门口工作人员招呼稍等。欧阳书记快步从大楼里走出来,首先与沙校长握手问好,接着转身把手伸向汪西茜:"你就是汪西茜老师吧?"汪西茜说:"是我。欧阳书记,您好!"欧阳书记笑嘻嘻地放大了声音说:"今天你可是孙局长的特邀嘉宾!"汪西茜语调谦和地说:"不敢当! 不敢当!"

从侧面开过来两辆轿车,欧阳书记指着前面一辆对沙书笙和汪西茜说:"你们两位上这辆,这是他们派来的专车,请!"年轻司机抢过一步拉开后门,沙书笙让汪西茜先入,然后跟进。司机就位后不是启动机器,而是转过脸说:"沙校长,您好! 从现在起这部车就是你的专用交通工具,我是您的专职司机,我姓夏,就叫我小夏好了。喏,这是我的电话号码,随叫随到!"沙书笙说:"小夏,辛苦你了,谢谢你! 以后称呼我不用说'您',我们是同事,是朋友嘛!"

一路上，汪西茜悄悄地抓住沙书笙的手，忽紧忽松地捏弄，心里涌动着对过往的回顾和对未来的憧憬。她忽然想到凌汉彬的大手紧抓她的手臂时，她惊恐、反感、恶心。论长相，凌汉彬绝不在中等以下，而沙书笙也并不属于女人一见便倾心的那种洒脱倜傥之辈。回想起来，沙书笙真正吸引她，倒不是因为两重唱获得了意想不到的称赞，而恰恰是开始于他不愿意第二次再唱的时候，因为她看到了这个人有一颗不愿以自己的成功去伤害他人的纯净的心！此后交往中的种种，她愈加觉得他是一个值得信赖、可以依靠的男人，她乐意为这样的人不辞辛劳、奉献一切！这会她捏着他的手，望着他的脸，感觉全身的每一个细胞都幸福地钟情于他，要不是车上还有个司机，她真想一头栽进他的怀里。

一个多小时以后，汽车在龙港大酒店停下，几个人在大门口等候，汪西茜说站在最前面的那位就是孙局长。沙书笙故意慢一步，待欧阳书记走近他后才下车。孙局长一个一个握手，同时说着"欢迎欢迎"。接着上楼，来到一间长方形的大包房，一半是一张亮晶晶大圆桌，一半是地毯沙发会客处。四壁挂着大幅油画，墙角处都有精致的工艺品。

沙发上坐定，服务员上茶之后，孙局长先开腔："欢迎欧阳书记、沙书笙校长、汪西茜老师三位来到我们龙港新城！"龙港地区七八个人首先鼓掌，于是大家一起拍手。"今天，我们在这里要进行一个简短的聘任仪式，规模不大，意义不小，我们新建的龙港中学终于请到了校长！他就是沙书笙校长！"大家再次拍手，沙书笙起立行鞠躬礼。

"现在，请让我代表局领导，向沙书笙校长颁发聘书！"

沙书笙立即起立向孙局长走过去，孙局长也向前跨了几步，交接了硕大的红丝绒本子，沙书笙再向大家行鞠躬礼，大家热烈鼓掌。

"在此，"孙局长继续说，"我首先要感谢欧阳书记为我们做的精心挑选！其次，我要感谢沙校长的未婚妻汪西茜老师，大家不知道，当沙校长正在是否接受使命的权衡之际，汪老师背着沙校长只身来到新城教育局,希望我在新城给她安排一份工作,借以坚定沙校长的决心。我当即就答应了。汪老师,我们考虑把你安排在少年宫当艺术指导,你的意见如何?”

“我喜欢这份工作,谢谢孙局长!”汪西茜大声回应。

“好!”孙局长抬腕看了看表,“时间过得真快,欧阳书记您下午还要赶去市里开会,我们边吃边聊吧,大家请!”

才上了几道菜,欧阳书记看了看手表,起身说:“谢谢孙局长,谢谢各位,我得先走一步了,大家慢用!”然后转向沙校长继续说,“沙校长,祝贺你一切顺利,相信你一定会在龙港新城闯出一片新的天地,我静候你的佳音!”

送走了欧阳书记,孙局长说:“大家别客气,我们慢慢用。”于是继续碰杯寒暄。餐毕,孙局长说:“沙校长和汪老师,你们两位请留一下,你们看,我把局办公室主任,人事处处长、基建处处长,新城房管局局长,还有公安局的户籍负责同志都请来了,等一会他们都有事同你们商量。我请办公室主任主持一下,能落实的当即落实,沙校长和汪老师的要求和希望,能满足的尽量满足!”说完,孙局长起身走到沙校长与汪老师跟前,“我这就告辞了,随时联系。愿今天新城给你们留下好印象,祝你们未来在新城工作顺利,健康愉快!”沙书笙与汪西茜同声说:“谢谢,谢谢!”于是握手告别。

接下来,大家出发首先去到教育局,主任让大家在会议室喝茶休息,自己带领沙校长和汪老师去看看沙校长的临时办公室。房间相当宽敞,有四张办公桌,电脑复印机等办公用品俱全。主任说:“沙校长,门口挂上‘龙港中学筹备处’牌子,如果您同意的话,我们明天就去定制?”沙书笙说:“没有意见。”主任继续说:“我们已经为您配备了一名工作人员,会电脑,以后打印复印,资料的收发与保管,以及办公室内务等等都由她负责。”主任跨出门口在走廊里喊了一声“小胡”,那边奔过来一位二十几岁的姑娘。主任对她说："他就是沙校长，这位是汪老师。沙校长，以后她就听您的，她随时可以过来办公。"沙书笙跨过一步与她握手。小胡边握手边说："沙校长好！"一抽出手，小胡便笑眯眯地去与汪老师握手："汪老师好！"汪西茜说："谢谢你！"两个年轻女子好像早已相识，肩碰肩亲热地紧靠在一起。

回到会议室，由公安、人事等方面的负责同志，把有关户籍迁移、工资情况等作了详细的交代和说明，待沙校长和汪老师点头之后便离去了。办公室主任于是说："现在我们去新校舍看看，请基建处长给两位介绍介绍。"

新校舍是个庞大又漂亮的建筑群，沙书笙和汪西茜见所未见。教学大楼立面线条明快，凹凸有致，清灰的底色间以紫红的条条块块，整个色调亮丽而庄重。实验楼、图书馆、体育馆、文艺楼，还有宿舍与食堂，结构与色彩协调。绿化面积宽广，布局跌宕。四百米跑道，中间的草坪已经铺就。沙书笙赞叹之余，更加感觉责任重大。汪西茜兴奋地望着沙书笙，心头猛的升腾起一股无以言表的豪情。

参观结束，在校门口办公室主任说："沙校长，汪老师，下面请两位随着房管局长去商量有关住房的事，我们其他人这就向您告辞了。沙校长，汪老师，我们欢迎你们的到来！""谢谢！谢谢！"于是，热烈地握手告别。

在房管局，局长简要地向沙校长与汪老师介绍了新城的建筑布局，以及居民的组成情况，尤其详细地阐释了新城的住房政策。

"沙校长和汪老师现在还没有结婚，因此，你们两位可以被视为新城分别引进的职工，你们可以分得两套住房。鉴于你们的情况，两套住房怎么安排法呢？我想两位结婚应当是很快的事吧，我们等着吃糖呢！"房管局长说着，笑嘻嘻地望他俩一眼。两人虽然已是过来之人，倒也有点羞怯似的，没有回话。房管局长继续说，"所以我考虑，给你们一套是大房型三房两厅两卫，一套是一房一厅，两套安排在同一座大楼里，你们觉得这样好吗？”

“好，太好了！”两个人回答欢快响亮，然而很明显，汪西茜的声音在先，沙书笙紧随附和。

“不过，你们市区的住房按例要上交。”

“那是当然的。”沙书笙说。

“沙校长，汪老师，那么我们现在就去看房，满意的话今天就敲定。”

由于房管局长的事先挑选，来到一栋十八层大楼，看了一处就定了下来。一房一厅在八楼。大三房在十二楼，南望是茫茫无际的大海，北向的窗户可以鸟瞰整个龙港新城。

在回程的轿车里，两个人悄悄商定：汪西茜回去就写请调报告，明天就送凌校长，时间节点最晚是本学期结束；今晚沙书笙就去袁老师家，请教与商量有关问题；沙书笙明天就去找欧阳书记，请教如何与学校完成交接尽快去龙港上班。寒假中一定要把家搬好。春节一过，组织班子，选聘教师，招生工作，事情很多，暑期开学时间很紧的。

当晚，沙书笙来到袁老师家，通报了情况，希望他参加筹备班子，寒假就开始策划和起动师资队伍的招聘组建工作，理科方面请他把把关，袁老师当即表示同意，说明天就向凌校长提出辞职申请。

才出袁老师家门，沙书笙拿起手机给宋鲁宁打电话，通报了当日的情况，希望在组建师资队伍方面给他当参谋，助一臂之力。除了语文，还有其他科目，到时候请他带几个教研员或者权威老教师，给我们的招聘对象面试、打分。宋鲁宁一口允诺。

第二天一早，汪西茜走进凌校长办公室，把一张请调报告往他的桌子上一摊，什么话也不说。

凌校长拿起一看，不解地问：“请调报告？你要调到哪儿去？”

“龙港新城。”

“为什么要去那里?”凌校长惊奇地看着她问。

“因为沙书笙调动工作要去那里。”

“沙书笙去那里当校长,你……”

“噢,你早就知道了!”

“教育局调动我的副校长,我当然应当知道喽。”

“是你把他排挤出去的吧?”

“笑话,哪有排挤副校长让他去当校长的?”

“因为他在你身边,你害怕!”

“胡扯,我怕他什么?”

“你怕他抢了你的风头,你怕我喜欢他……”汪西茜干脆把话说到他心里去。

“好了好了,别瞎说了!他去当校长是提升,被重用。你去干什么,离市区又那么远,何况我们需要音乐教师,我是不会放你走的!”凌校长放软了声调。

“我一定得去!”汪西茜却语调很坚决。

“为什么?”

“因为他是我的未婚夫。”

“什么?未婚夫?”凌汉彬气得一下子脸都涨红了,停了好一会才接着说,“所以呀,以前的传说没错,你还掩饰,嘴硬?”

“凌校长,你错了!”汪西茜现在与凌校长说话,好像一点也没有意识眼下仍然是他的属下。“如今我与沙书笙成为未婚夫妻,恰恰是那时的中伤和谣言做的媒。”

“这话怎么说?”

“我和某某的婚姻一向紧张,理工学院都知道,但是假如没有我们学校有人恶意中伤,把谣言造到那里,弄得纪检上门,我们的婚姻也许现在还维系着。”

“那就是说，离婚以前你们就眉来眼去，离婚以后就好上了！”

“凌校长，你现在说话的格调，跟你在讲台上做报告太不一样了！”汪西茜居然敢于嘲弄他一下，“不过凌校长，你又错了！我对沙校长的境遇一向抱有不平。他当副校长做了那么多好事不仅没落得个好，反而受嫉妒，受压抑，有人还特别地讨嫌他！他家里遭遇那么大的劫难，你作为校长给过他一丁点安慰吗？所以自然而然我就特别地同情他，关心他。渐渐地我就暗暗地喜欢上了他，我感觉他对我也很有好感。但是我们没有谈过恋爱，更没有任何出格的行为。直到上个星期，我听说欧阳书记要他去龙港中学当校长，他却还在犹豫，仍然乐此不疲地在这里当一名副校长，继续在您的领导下主管他的总务后勤工作。他对校长的名誉根本不在乎，这哪里仅仅是什么书生气而已，简直是迂腐透顶！有人指点我应当使出最大的能耐，鼓励和支持他离开这里，接受这个新任务。所以第二天，我就背着他直奔龙港教育局找孙局长，要求他给我在龙港安排一份工作，以促进沙书笙过去当校长的决心。孙局长问我是沙书笙的什么人，我好像没有经过思考便回答说是他的未婚妻。回来当日，面对他，我还怯生生真不知道怎么张口呢。”

凌汉彬确也已经离婚，本想挤走了沙书笙，对于汪西茜还可能存有希望。眼下听着汪西茜的一通借机发泄，只能故作镇定，却又无以应对。

“虽然如此，汪老师，我还是希望你能够留下来！”

“我的决心已定！”

“汪老师，我有对不起你的地方，我愿意为你改变自己……”

“那也不行，昨天孙局长宣布把我安排在龙港新城少年宫当艺术指导，欧阳书记也在场，你改变得了吗？有一条是可以商量的，你一时找不到替代的音乐老师，我的课可以上到本学期结束。”

汪西茜离开不久，袁老师也来到凌校长办公室，提出了辞职要求。

袁老师本来就是人才市场引进的,他有本事,哪里都会受欢迎,凌校长知道他要走是不可能留得住的。

“是去龙港新城?”凌校长猜到了八九分,气呼呼地问。

“是的。”

“为什么非去那里?”

“那里可以分到较大的住房。”袁老师这样回答,想尽量给凌校长面子。

“沙书笙给你?”凌校长忍不住,终于曝出了令他烦躁的名字。

“不,按照那里政策。”

“我同意,去吧去吧!”凌校长说着,头也不抬,只是手背向外挥了挥。

“不过我会把本学期的课继续上好的。”袁老师说完,转身离去,把门轻轻地拉上。

这回,凌校长再也没有兴致十个指头弹奏什么欢快的旋律,而是猛地一拳砸在桌面上,震得茶杯盖子都跳了起来。

第二十五章

这才真叫好

沙书筌接受了聘书，已经属于龙港新城的人，301 的事情再也不用他操心了。可是，301 的一切，一切的一切，一直盘旋于他的心头，怎么也挥之不去，想着想着，竟然眼眶湿润，潸然落泪。在 301，他心怀忐忑地第一次走上讲台，如今成了一个颇受欢迎的语文老师；班主任工作由拘谨摸索状态渐入得心应手阶段；“文革”期间他担当初一住宿班年级组组长，六七个人孤军面对酸甜苦辣；最后又被推上副校长的岗位，苦干与委屈，郁闷与赞许，始终形影相随。如今要离开了，他不觉得振奋，也不感到遗憾，这就是他在 301 的经历，也是他意涵深远的人生历练之路！

要告别了，他首先想到的是总务后勤的同志们。那天上午，他悄悄跟两个主任说，希望下午召集总务后勤全体人员会议，他有重要事情告诉大家。两个主任一听说“重要事情”颇有些兴奋，说午饭后待食堂工作收拾完毕，就在教工餐厅进行。届时，人都到齐了，气氛有点异常，没有了往日开会之前的叽叽喳喳，然而都在交头接耳轻声猜测，发生了什么“重要事情”呢？观察沙校长的脸色，好像与平常有点不同。

“同志们，”沙校长一说话全场立刻肃静了下来，“今天我把大家召集起来，是向大家道别！”

“你要走了?”“去哪里啊?”“能不能不走呀?”……一阵依依不舍的议论。

“龙港新城新建了一所龙港中学,教育局让我去那里当校长……”

“当校长? 好! 沙副校长,你就应该当校长!”老主任颇为感慨地表示支持。

“老主任说得对! 我干了那么多年学校总务,就数跟着沙校长干最有成效,最值得!”赵主任紧接着说,“不过,沙校长,你走,我们真是舍不得!”

“是呀!”“对呀!”“沙校长,你走了我们怎么办?”……又一阵依依不舍的议论。

“我在这里拣菜洗盘已经做了十五年,就数沙校长对我们最和气,就像自己家里人……”一个五十多岁的阿姨说着擦起了眼泪。

“是呀,以后不知道谁来管我们?”两三个阿姨或前或后都这么说。

“这两三年里,我感谢大家对我的支持和配合,我工作得很愉快! 你们的善良和勤劳也深深地教育了我。”沙书笙说,“我走了以后,总会有人来管的。不过,我们要有信心,首先要挺直腰杆自己管好自己,记住我们的服务对象是广大的学生和教职工,我相信你们会不断上进,把工作做得比现在还好!”

“我来说,”司炉小卢说,“沙校长为了让老师和同学们喝到100℃的开水,几次亲自来到锅炉房了解情况,那样虚心地听取我的意见,我真是感动,感动啊……工作好几年了,从来没有被一个校领导这样的重视过……”说到这里,小卢的语调似乎要哭出来似的。

“小卢说得好!”赵主任说,“厨房里的那块警示小黑板,我们永远不拿下,看到它,我们就会想起和沙校长一起改变总务后勤面貌的日子!”

“对! 对!”大家呼应着,还拍手。

“谢谢,谢谢大家的鼓励!”沙书笙起立恭恭敬敬向大家行鞠躬礼。

会议结束，沙书笙转身便去到凌校长办公室，没有准备坐下深谈，进门几步他说："凌校长，向您告别！"凌校长说："这就走了？要不我们聚一聚？"沙书笙说："不必了……"凌校长忽然起身加重了语气说："不不！你这是远去高就，我们应当郑重欢送！"沙书笙说："真的不必了，那边是个新摊子，还未成形，我明天就去上班。"于是凌校长跨过几步，两个人握了握手，几乎同时说了声"再见"。

沙副校长要走了，去到龙港新城规模宏大的龙港中学当校长，消息不胫而走。有表示支持的，有惋惜他离去的，饭桌上，办公室里依依不舍的议论不绝。校办主任由此觉得学校不能过于淡漠，问凌校长："学校要不要表示一下欢送？"凌校长不冷不热地说："没有先例，以前两个副校长，也不是说走就走了！"

沙书笙与学校最后话别的地方是图书馆。他把属于学校图书馆的所有书籍资料，一份不缺地归还。管理员问："沙校长，你这就走了？语文组不是说借我们这里开一个欢送会？"沙书笙说："说好了，免了。"沙书笙与学校最后握手告别的人，是门房老头。

当晚，沙书笙给汪西茜打电话，接通以后他说："汪老师……"汪西茜打断说："你就不要再叫我老师了，就叫我阿茜吧！"沙书笙说："好的，阿茜！""哎！"汪西茜甜甜地回应了一声后说："那我就叫你书笙，书笙！"沙书笙学着汪西茜也"哎"了一声，接着说："阿茜，我打算明天就去龙港，找孙局长了解他对办好龙港中学的设想和规划，也听听他对我的希望和要求，争取让筹备处办公室尽快运转起来。另外，我可能在那里住几天，两处住房也要安排装修一下，我想寒假一开始，我们就搬家。"汪西茜兴奋地说："好，听你的！"

沙书笙在龙港待了两天，回来他告诉汪西茜，孙局长跟他谈了一个多小时。现在自己正在初步拟订计划。孙局长还向我推荐了一位主管总务后勤的副校长，经验相当丰富，后天我将过去与他见面，希望他当即上任，去新校舍指挥内部设施的安装调试等事宜。为了两处住房内部装饰，局办主任帮助请了工程队，沙书笙只要求墙壁刷白水电煤畅通就行。不过主任说如果汪老师有什么要求，可以给他打电话，也可以抽时间过去直接指点。汪西茜说她会过去的，接着又说："你不是后天又要去龙港，你把家里的钥匙交给我，你不会有时间的，我和妈会过去把准备搬走的东西捆捆扎扎先整理起来。"

搬家那天，局办主任调来了一辆卡车，还有两个搬运工。卡车先到沙书笙家，东西本来不多，几个人七手八脚很快便把包括煤气灶等搬运一空。沙书笙最后一个离开，他拉上门那"砰"的一声，震颤着他的整个心灵，他忽然觉得好像只把阿珍一个人关在了里面。他呆站了片刻，重新开门进屋，把那一间半房屋上上下下，每一个角落仔仔细细地察看，仿佛到处都有阿珍的身影，寂静中似乎又听见了她的声音。

在小小的厨房门口，想起她烧饭弄菜有时忙得发着怨言，沙书笙进去准备帮着做点什么，她却气呼呼地说着"这里没你的事"，把他推了出去。但是到吃饭的时候又那般相敬如宾，总是把鱼肉鸡鸭之类的什么好的部位往他碗里夹。沙书笙来到他们的床铺处，这里有无尽的美好回忆。沙书笙记不清有多少次，两个人紧挨着靠在床背上，听阿珍兴奋地向他述说新发现的精彩作品。是的呀，她是多么喜爱她的编辑工作，既充满热忱又不乏智慧。然而如今，所有这一切都已成了过往烟云。沙书笙面朝原先衣橱的部位，顿生一种深深地负疚感，每当拉开橱门总见他的衣服比她多且好，一个风华正茂的年轻女子，婚后对自己的打扮毫不在意，样样把丈夫放在前头，哪怕是一件汗衫马甲，一双袜子，都要给他拣好的买。那套挺贵的西装就是她硬要给他添置的……想着想着，他的眼眶模糊了，含泪静默了好一会，念想她已经安息在市郊的墓地，觉得两个人到底都离开了这块既值得思念又给他留下无限伤悲的不祥之地。终于，他两腿如铅、一步一停地倒退着出了门，轻轻地把它拉上，全无意识似的下了楼。

卡车才启动，沙书笙便给汪西茜电话，要她到弄堂口等候指路。卡车停在汪西茜的楼下。汪西茜请两位搬运工车里休息一会，招呼沙书笙与她先上楼，汪西茜说着房间号码，并且故意走在后面。门开着，沙书笙进门看见一个熟悉的女人正在忙碌。

“阿姨，你也来帮忙！”沙书笙说。

“她是我妈！”汪西茜笑嘻嘻地大声说。

“什么?!”沙书笙一个转身，向着汪西茜大声说。

“你可别吓着了，她是我妈！”汪西茜依然笑嘻嘻地说。

“这怎么可以？你怎么能叫你妈到我家去当保姆?”

“沙校长……”

“妈，你就叫他书笙吧！”汪西茜说。

“书笙，你有困难，我去帮帮忙，应该的，应该的。”

“这怎么可以，怎么可以呢……”

“书笙，我在你家里没做错什么吧?”

“妈，您还这么说……”沙书笙说着，语音哽咽。

“妈！”汪西茜从旁推一把她妈，“妈，书笙叫你呢，快答应呀！”

“哎——”汪西茜妈用长长的声调应答着。

“妈——”沙书笙也用长长的声调正式地叫了一声，同时不由自主地双膝跪了下去，热泪滚落，“书笙我亏待您了……”

“不能，不能！”汪西茜妈赶紧弯下腰去，使劲拽着他的双肩扶起，“妈愿意受你一拜，可舍不得你下跪，快起来，快起来！”汪西茜妈也是泪如泉涌，“书笙啊，妈对你了解不多，可看着听着，知道你对谁都宽容，就是不怕亏待了自己，妈既喜欢，又心痛！西茜真是有眼力，有福气啊！”

汪西茜也早已泪流满面，左右都是待搬的物件，她只从口袋里摸出一张纸巾，赶紧先给书笙拭泪，转身再为她妈擦脸，最后捧着它自己掩面，同一张纸巾上沾满了三个人的泪水。

卡车开到龙港新居，汪西茜指挥先搬八楼，叫书笙先去十二楼看看。沙书笙打开房门，迅速扫描每一个房间。地板棕红可鉴，阳台的地砖荧光闪闪。墙壁是淡淡的米黄，天顶净白，交接处镶有稍显凹凸的嵌条，撇去了原先的单调。厨房瓷砖白亮，还装上了时尚的脱排油烟机。卫生间的瓷砖奶白之中含着蓝莹莹的暗花，浴缸也换成了尺寸较大的。客厅、餐厅和房间形状各异的吊灯，新颖别致。沙书笙看着，觉得置身于从未梦想过的天地，浑身涌动着一股强烈而温馨的暖流！这时，搬运工正搬着物件进来了，汪西茜随即指挥不同物件的安放位置，一切她早有设想。

搬运结束，汪西茜与两个搬运工结账，谢了，送出门去。

"对新家的感觉怎么样？"汪西茜跨进门来充满自信地问。

"到底是学艺术的，简洁，明快，典雅，这个新家让我有梦幻的感觉！"沙书笙问，"花了不少钱吧？"

"是妈给的。"

"真过意不去，怎么能用她的钱？"

"妈就我一个女儿，她说她还有点积蓄，准备给我们结婚置换家具。"

"西茜，我真幸运，但是我真正的心情是惭愧……"

"还用得着这么说吗？"汪西茜靠近他耳边轻声说，"妈催我们早点结婚。"

"告诉你，还有一个人也这么催我们。"

"谁？"

"孙局长。"

"他怎么说？"

"他建议我们寒假里把婚事办了，他说春节一过我会很忙很忙，到时候会有许多事情让我脱不开身，要我抓紧，还说一定来喝我们的喜酒。”

“孙局长说得是！”汪西茜说时，鸟儿啄食般地亲了他一下。

“我说也是！”沙书笙附和着说时，对着汪西茜傻笑。

汪西茜张开双臂扑过去，两人紧紧地拥抱，亲吻，直到听见走廊里她妈走过来的脚步声。

婚事定在寒假开始后的第一个星期五。两个人商定，不张扬，不发请柬，悄悄邀请十七八位同仁朋友，在龙港大酒店预订一间双桌包房。邀请的客人包括：龙港新城有孙局长，局办主任，小胡，以及聘任仪式上见过的几位局办领导。汪西茜请了两个要好的女伴，还有马湘英老师；301沙书笙负责通知袁立新、赵东宇、郭如平、罗副校长、司炉小卢等，自然还有老同学宋鲁宁和其他几位联系密切的老同学。而且邀请的同时，强调谢绝任何礼金礼品，并请暂为保密。

婚礼到底不是机密，沙校长与汪老师将结婚的喜讯在301传开了。总务后勤的同志多数说一定要前往贺喜，尤其是十几个食堂工作人员特别强烈。赵东宇说这不是要增加沙校长的负担了吗？食堂的胡阿姨说得有趣，“不要紧，到时候我们把礼金抛下就走”。语文组知道了说欢送会没有开成，也一定要前往贺喜，他们对赵东宇说，“我们会带上礼金，到时候你总会有办法的”。

赵东宇也确实渐渐有了主意，他暗暗统计包括受邀对象共四十五个人，于是拿起电话请了一位熟悉的老司机，并且借到了一辆大巴。第二天，赵东宇悄悄去到龙港大酒店，找到酒店蒋经理，如此这般说了很多，一切当即约定。

婚礼当日下午，什么时兴的婚纱之类一切从简，沙书笙和汪西茜不过稍加修饰便早早地来到了酒店，只见大堂里的喜庆指南上写着：沙书笙先生和汪西茜小姐的婚礼在二楼福运厅举行。两个人都以为酒店弄错了，问大堂经理是怎么回事。大堂经理请两位沙发上稍坐，拿起电话唤蒋经理。一会儿，电梯口走出一个仪表堂堂的汉子，大堂经理说"蒋经理来了"。沙书笙他们两个起身，蒋经理紧赶几步招呼"请坐"。

"是这样的，"坐定之后蒋经理说，"你们原来学校有个叫赵东宇的主任，上星期特意赶来找我，说他们有四十多人一定要前来为你们的婚礼贺喜，因为你们不收礼金，为了不增加你们的负担，他们AA制，按照原先预订两桌的标准，增订了四桌酒席，当即足额付了款。我很受感动，并且答应他们保密至今。"

"原来如此！真是亏了我们的这些朋友，过意不去啊……"

"沙校长，可见您是一位深受群众拥护的好领导，我们龙港新城能够请到您，真是有幸了！"

"经理过奖了，谢谢，谢谢！"沙书笙转过脸去对汪西茜说，"我们一定要在门口恭候他们！"

远远开过来一辆大巴，渐渐地减速靠边，沙书笙认定就是他们，果然，透过车窗已经看见有人在招手，沙书笙和汪西茜一齐伸直双臂，使劲挥舞。

第一个下车的竟是司炉小卢，他双手握着沙书笙的手激动异常："沙校长，我几个晚上睡不着！我工作的大炉间，校长只有你来过，你还请我参加婚礼，我一个小小的司炉工……"话未说完就流泪。

"哎哎，叫你别哭嘛！今天是沙校长和汪老师大喜的日子！"赵主任抢过来说，"沙校长，今天我们来为你们贺喜，大家都很开心，就数小卢最激动，一路上说着说着，哭过几次了！"

"我也很激动，"厨房胡阿姨说，"当领导的，就数沙校长对我们最客气，最公平……"

"最和气，最平等！"电工小陈纠正说。

这时候大家都下了车，罗副校长等一个一个与沙书笙汪西茜握手道喜。马湘英等几个女同胞还与汪西茜拥抱祝贺。

“真是意想不到!”沙书笙的声音也显得很激动,“你们都是我们的好朋友,欢迎,欢迎大家的到来,谢谢,谢谢大家!”

跨入福运厅,沙书笙又是一个意想不到!本来他想,汪西茜虽然是他喜欢的人,不过妻子走后不久,尽管一个人觉得孤孤单单,但他不想仓促结婚。后来准丈母娘催促,孙局长的建议更是在理,便同意结婚,但决意简朴低调,完婚了事。然而现在双桌包房变成了偌大的福运厅,小舞台背景大红喜字高挂,彩灯闪烁。小舞台正前是大圆主桌,其他五桌弧形相向,分明是颇为堂皇的婚礼。沙书笙靠近局办主任轻声问:“干吗搞得这么郑重其事?”局办主任说:“是蒋经理让我与他一起策划的,沙校长,今天你就乖乖地当你的新郎吧!”

婚礼开始,局办主任权充婚礼司仪,七拼八揍抖搂了许多吉利话语后说:“现在请证婚人孙局长讲话!”

孙局长走上台说:“作为沙校长和汪老师的证婚人,我很高兴,很荣幸!我要说今天我们龙港新城是双喜临门:沙校长和汪老师在我们龙港完婚,祝他们婚姻幸福,白头偕老,这是一喜;二喜,我们龙港中学幸运地请得了一位优秀校长!在座的四十多位都是沙校长301中学的同事,他们不请自来,知道沙校长谢绝礼金,上星期便以AA制悄悄地增订了四桌酒席,酒店蒋经理大受感动……”

“说到蒋经理,蒋经理就到!”局办主任唱也似地喊。

蒋经理领着六位小姐,每人手里捧着大蛋糕。局办主任把话筒递给蒋经理,他接过说:“祝贺沙校长汪老师大喜,我们全体员工特意为每一桌送上一只喜庆蛋糕!”

大家热烈鼓掌,蒋经理与新郎新娘握手之后,双手向大家挥了几下,退了出去。这时,马湘英和女会计跑上台向新郎新娘献上了鲜花。

婚宴时,沙书笙和汪西茜虽然不会喝酒,但照样恭恭敬敬端着酒杯一桌一桌敬酒致谢。301的老朋友表现得特别热忱而亲切，每一桌都全体起身高高举起酒杯，此起彼伏地大声贺喜，新郎新娘一个不漏地与他们逐一碰杯，包括以茶代酒的大巴老司机。在食堂工作人员中，胡阿姨说："沙校长，你还会来看看我们吗？"沙书笙说："会的会的！我忘不了你们！"阿姨们还有小卢等都说："沙校长，我们欢迎你！"来到语文老师们跟前，教研组长说："在车上我们就你一句我一句，终于凑合成了一首小诗，就算是我们对你们喜结良缘的一份贺礼！"接着，教研组长展开粉红的纸页准备宣读，局办主任发现了，赶紧说："等一下，站到中间来，让大家共享！"于是教研组长站到中间，挺一挺身姿，大声地诵读：贺沙书笙校长与汪西茜老师喜结良缘——

孔雀双双东南飞，
纵有依恋莫徘徊；
当今不是汉末时，
龙港共创新天地。

全场热烈鼓掌，交口赞许。有人还说"不愧为名牌中学的语文老师们"。

大概到底是因为校长婚礼的缘由，所以从头至尾，没有俗套的嬉闹或者捉弄，然而整个婚礼始终喜气洋洋，热热闹闹。

婚宴散席，沙书笙和汪西茜送走了孙局长等领导之后，站在大门口，一个一个双手握别301的老朋友。

老司机关上车门，时辰已过九点，车里有人喊："老师傅，辛苦了！"

"不辛苦，不辛苦！"岂料他不是发动机器，而是突然站起面向大家，很有感慨地说："老师们，我算是看懂了！"

"老师傅，你看懂了什么呀？"有人大声问。

"什么叫好校长？就是当他离开之后，大家都还说他好，这才真叫好！"

"说得好，老师傅！"

"有道理，金杯银杯不如口碑！"

"经典！经典！！"

全车所有的人都大声地呼应！

2015.12.16 初稿 2017.1.3 第三次修改